KB183867

책 만드는 여자의 안녕한 오늘

박유녕 지음

책 만드는 여자의 안녕한 오늘

북스토리

프롤로그

20대 중반에 고등학교 동창이 나에게 물었다.

"왜 출판사 들어갔어? 교정하는 일 힘들지 않아?"

그 친구는 대기업에 다녔다. 출판사는 다른 직업군에 비해 많이 박봉이다. 그래서 항상 주눅이 들어 있었다. 친구는 그냥 궁금해서 물어본 걸지도 모르는데, 그때의 나는 약간의 자격지심이 있었던 것 같다.

나는 이렇게 허풍을 떨었다.

"아, 언젠가 작가가 될 거야. 은희경 작가도 출판사에서 편집자로 일하면서 글을 썼대. 그리고 또 언젠간 출판사를 차릴지도 몰라."

편집 일은 돈을 적게 벌지만 '도제 교육'이라고 생각하며, '배운다'는 생각으로 일했다. 내가 좋아하는 일이기 때문에 괜찮다고 스스로를 다독이며 버텼다. 그러면서 무의식에 정말 언젠가 작가가 될 거라는 마음을 품었으며, 덧붙여 출판사를 차려야겠다는 생각을 하고 있었나 보다. 이러한 희망이라도 없으면 편집자 생활을 버티기 힘들 만큼 연봉은 아주 작고 귀여운 수준이었다.

그래서 '돈을 좇아' 출판계에서 회사를 많이 옮겨 다니기도 했다. 그러다 보니 여러 분야를 경험하게 되었고, 나중에는 전천후로 책을 만들 수 있는 정말 '기능공'이 되어 있었다. 그리고 마흔이 되면 출판사를 차려야겠다는 구체적인 목표를 사장님 몰래 갖기 시작했다.

그렇게 때가 차고, 마흔이 되던 해에 잘 다니던 회사에 그만두겠다고 말하고, 준비했던 계획을 실행하기 시작했다. 그리고 작가가 되겠다고 한 나 자신과의 약속을 지키기 위해 소설을 썼다.

하지만 역시 글을 다듬는 일과 쓰는 일은 달랐다. 출판사를 운영하는 일은 차근차근 진행되었지만, 글 쓰는 일은 진퇴양난에 빠졌다. 이상하게 소설이 에세이처럼 써졌다. 자꾸만 내 인생을 돌아보는 글만 나왔다. 내 삶부터 정리해야 했다.

다음 단계로 넘어가기 전에 직장인으로, 한 인간으로 살면서 느끼고 맞이했던 여러 경험을 정리해야 했다. 그동안 남몰래 써 왔던 글을 들췄다. 하나하나 다시 읽고 수정하고 묶었다. 그렇게 정리한 게 이 원고다.

이 책은 약 14년 동안 한 여자가 일하며, 사랑하며, 미워하며, 후회하며, 기뻐하며, 감사하며 인생을 살아 낸 이야기이다.

오래된 글을 책으로 엮으면서 내 미숙하고 우울한 감정을 들추는 일이 쉽지 않았지만, 도리어 과거를 털어 내는 데 매우 도움이 되었다. 10년 전, 나를 다시 만나며 상처를 토닥이는 시간을 보냈고, 인생의 2막을 시작할 수 있는 힘을 얻었다.

누구나 살면서 여러 감정을 겪는다. 그냥 흘려보낼 수 있는 감정도 있지만 기록으로 남기고 두고두고 생각해야만 흘러가는 감정도 있다. 감정을 가둬 두지 않고 무사히 흘려보낼 때 글쓰기만큼 좋은 방법은 없다. 그리고 그것을 다시 보면서 나를 객관화할 때, 과거에서 빠져나와 앞으로 나아갈 수 있다.

나 역시 살면서 여러 일을 겪고, 감정을 겪었다. 그중에서 '일하는 나'에 대한 이야기가 20, 30대의 나를 대표한다. 그러한 이야기를 이 책에 담았다. 그래서 편집자는 어떤 일을 하는지, 출판사에서 일하는 노동자는 어떤 마음으로 일하는지, 관심 있는 사람들이라면 내 경험이 도움이 될 것이다.

그것을 넘어 평범하기 짝이 없는 어떤 사람의 인생일 뿐이지만, 평범하게 직장 생활을 하고 평범하게 살아가는 누군가에게 위로가 되었으면 한다. 모두 안녕하게 하루를 보내기를.

허리가 휘었어, 경력도 휘었네

우리 모두의 외투를 위하여

묵은 감정을 털어 내는 연습

안녕한 오늘을 위해

허리가 휘었어, 경력도 휘었네

쓴소리와 응원 사이에서

스무 살, 어떤 사람이 그랬다.
"네 그림은 예술가의 마음이 느껴지지 않아."

스물네 살, 다른 사람도 그랬다.
"너에겐 소설가의 마음이 없어."

스무 살과 스물네 살에 선택한 길이 하필이면, 미술과 문학이었다. 나는 정말 미술을 사랑했고, 문학을 사랑했다. 하지만 그것들은 사랑만 가지고는 이룰 수 없는 것들이었다. 누군가 나를 평가한 말 때문에 내가 사랑했던 모든 것을 잃어버리는 느낌이 들었다.

제대로 하지도 않았으면서 시작도 안 해 본 체 손을 툭 하고 놔 버렸다. 나는 앞으로 무엇을 할 수 있나. 막막했다. 차가운 말에 자존감이 떨어졌다. 시련의 연속이고, 실패를 경험하는 나날이었다.

  스물여섯 살, 어떤 사람이 그랬다.

  "너는 편집자 할 수 있어. 한 권씩 만들다 보면 언젠가 책도 쓸 날이 올 거야."

  스무 살과 스물네 살에 포기한 마음을, 스물여섯 살에 다른 방향으로 틀었다. 책을 좋아하고, 글을 좋아하니 편집자의 길을 가기로 했다. 단순하고 순진한 선택이었다.

  일하다가 힘들 때면 '아니야, 나는 할 수 있어. 인생은 한 번 사는 거고, 하면 하는 거야. 물론 나보다 뛰어난 사람도 있지만 나는 내 영역에서, 주어진 환경에서 해내면 되는 거야.'라는 주문을 걸었다. 그렇게 이전과 다르게 포기하지 않고 묵묵히 제자리를 지켰다.

  그래서 직장 상사가 '다른 일을 찾아보라'고 말할 때도, 친구가 "네가 뭐라도 돼? 어떻게 네가 그걸 할 수 있냐?"라고 말할 때도 상처받지 않으려고 노력했다.

  스물여섯 살에 겨우 내 길을 찾았는데, 남들이 하는 말에 휘둘릴 수 없었다. 내가 하는 일, 일에 미쳐야겠다고 생각했다. 그렇게 회사에 목매어 살았다. 원고에 파묻혀 살았다. 매일 야근했고, 주말에도 일했다.

하지만 인생은 언제나 반전투성이다. 어떤 때는 노력과 상관없이 안 좋은 상황이 되었고, 열심히 하는데도 해내지 못하는 일이 점점 많아졌다. 20대의 실력은 어설펐고, 쓰디쓴 나날을 버텨야 했다. 열심히 했지만 상사의 피드백은 좋지 못했다. 극복하려는 의지와 상관없이 마음은 점점 무거워지기도 했다. 주변 사람들의 말에, 환경에 영향을 받기도 했다. 가뜩이나 월급이 적어서 주눅 들어 있는데, 일에 보람까지 없으니 자존감은 계속 떨어졌다. 그럼에도 나에게 주어진 일을 천천히 밀고 나갔다.

그렇게 1년, 2년, 10년이 흘렀다. 시간은 사람을 지혜롭게 만들어 준다고 했던가? 한 우물만 판 시간은 나에게 보상을 주었다. 편집자로 일을 한 지 14년이 지난 뒤에야 내 일에 자존감이 생겼다.

내가 맡은 팀을 책임지고 관리하고 꾸려 나가다 보니 일머리는 기하급수적으로 늘었다. 그러면서 나를 꾸짖었던 사람들의 마음을 조금은 알게 되었다. 배운 게 도둑질이라고 처음에는 나도 그들처럼 후배를 꾸짖었다. 하지만 내가 원한 선배의 모습이 아니었다. 다시 정신 차리고 내가 팀원이었을 때 받고 싶었던 선배의 인격적 소양, 업무적 기술,

편집자로서의 역량을 기억했다. 그리고 후배가 경력을 쌓을 수 있도록 그간 혼자서 깨우쳤던 경험들을 숨김없이 모두 전했다.

후배는 너무 잘 따라와 주었고, 내가 그 나이였을 때보다 슬기롭게 책을 차근차근 잘 만들어 갔다. 성장하는 후배를 보는 일은 굉장히 뿌듯했다.

스물여섯 살에 나를 응원하던 어떤 사람의 말처럼 일단 부딪히면서 묵묵히 일하면 언젠가 빛을 발하는 날이 온다. 어떤 일을 제대로 해내지 못해도 꾸준히 하다 보면 반드시 발전함을 몸소 경험했다. 1만 시간의 법칙은 우리를 배신하지 않는다. 지금 사회생활을 처음 시작해서 헤매고 마음을 다치는 사람이 있다면 기억하면 좋겠다.

'버티는 사람이 결국 이긴다.'

허리가 휘었어, 경력도 휘었네

출근해야 하는데 몸이 움직이지 않는 날이었다. 내 허리가 이상하다고 자각한 날은 2012년 어느 날이었다. 처음에는 회사에 정말 가기 싫어서 몸이 안 움직이는 건지 마음이 따라 주지 않는 건지 헛갈렸다.

마음의 문제라고 생각하고 간신히 몸을 일으켜 욕실에 들어가 머리를 감고 얼굴을 닦고 허리를 펴는 순간 허리가 더 이상했다. 한 발자국도 떼기 힘들었다. 허리부터 다리까지 아프고 찌릿한 느낌에 털썩 주저앉았다.

잠시 누웠더니 허리가 괜찮아지는 듯해서 다시 출근을 강행하기로 했다. 엄마는 근육통이라며 파스를 붙이고 회사에 가라고 했다. 파스를 붙이고 버스를 타러 나가는데, 바쁘게 걷는 사람들 사이에서 이상한 자세로 느리게 걷고 있는 나를 발견했다. 도저히 걸을 수가 없었다.

바로 눈앞에 보이는 정형외과를 갔다. 의사가 엑스레이

를 찍어 보자고 하더니, '특발성 척추측만증'이라 했다. 눈앞에 처음으로 보는 내 척추뼈가 보였다. 일자여야 하는 척추가 왼쪽으로 휘어 있었다.

의사는 평소에도 균형이 맞지 않는 게 느껴지지 않았냐고 물었다. 나는 종종 좌우가 맞지 않는 느낌을 받았고 허리가 조금 아팠기 때문에 그렇다고 했다. 의사는 척추가 휜 사람은 고칠 수도 없고 원인도 알 수 없으니 평소에 관리가 중요하다고 했다. 앉아서 컴퓨터를 보며 일하는 사무직이라면 더욱 30분에 한 번씩 일어나서 허리를 펴 주라고 했다.

나는 물리치료를 받고 처방받은 약을 사서 집으로 돌아갔다. 회사에 결근을 통보하고, 하루 쉬었다. 꼼짝도 하지 않고 누워서 지난주 내내 야근하고 힘들게 자리에 앉아서 일하던 내 모습을 떠올렸다. 왜 그렇게 열심히 해 가지고 몸을 망가뜨렸나 싶어 눈물이 흘렀다.

그때 내가 다녔던 출판사 월급은 120만 원이었다. 회사 팀장님은 구두로 3개월만 수습으로 120만 원을 받고, 그 뒤로는 정직원이 될 터이니 월급을 올려 주겠다고 했다. 그런데 그 뒤로 아무 말도 없이 6개월을 지나 7개월째로 접어들고 있었다. 왜 새로운 계약서를 쓰지 않느냐고 물었고,

팀장님은 얼버무렸다. 내가 일을 덜 해서 그런가 보다 싶어서 늦게까지 남아서 더 열심히 일했다.

그러다 허리가 고장 나 버렸다. 그 뒤로 내 허리는 자주 아팠고, 그 때문에 출근하기 어려웠다. 그리고 나는 결국 회사에서 잘리고 말았다. 인생에서 만난 첫 번째 거절, 첫 번째 해고였다. 신입의 '쿠크다스' 같은 마음은 바사삭 쉽게 부서졌다. 내 이력에 난 '스크래치'였다.

소기업에서 몸이 아픈 직원은 정말 실력이 뛰어나지 않는 이상, 기다려 주지 않는다. 게다가 당시는 계약서대로 하지 않는 걸 대수롭지 않게 생각하던 시절이었다. 회사는 내가 아프니까 본전 생각부터 났는지, 병을 핑계로 해고를 했지만, 내가 할 수 있는 일은 없었다. 오롯이 '허리병'을 안은 채, 회사를 나왔다. 몇 주 동안 누워 있으면서 앞으로 이 일을 지속할 수 있을까 고민했다.

그리고 내가 훗날 팀장이 된다면 그 사람 같은 직장 상사는 절대로 되지 않을 거라고 아픈 허리를 부여잡으며 다짐했다.

무슨 일이든 자리 잡기 위해서는 초반에 많은 고통이 따름을 몸소 경험한 순간이었다.

선택적 독서 생활

2012년 5월이었다.

경기도 집에서 회사가 있는 서울 선유도까지 출퇴근하는 데 100분쯤 걸렸다. 하루로 따지면 200분쯤 지하철 2호선과 중앙선 안에 있었다. 그리고 일주일을 따지면 1,000분, 약 16시간이었다. 주말에 약속이 있어서 지하철을 타는 시간까지 끼워 넣으면 일주일에 하루를 이동 시간에 쓰는 듯했다. 누군가 말했다. 경기도민은 인생의 20퍼센트를 이동 시간으로 쓴다고.

이동 시간이 너무 아까웠다. 생산적인 일을 하고 싶어 책을 읽었다. 겨우 팔 하나 올려서 코앞에 책을 두고 읽을 수 있는 공간만 허락되는, 모르는 사람과 10센티미터 거리를 유지하게 되는 일명 '지옥철' 안에서 책을 읽는 행위는 나에게 유일한 해방이었다.

사실 처음에는 음악을 들었다. 그런데 지하철 소음 때문에 볼륨을 크게 하고 좋아하는 노래를 듣느라 내 귀가 무척 피곤해했다. 그다음엔 스마트폰을 봤다. 웹툰도 보고 게임도 하고 신문도 보고 카톡도 했다. 이상하게 눈이 피곤했고, 기분이 나아지지 않았다.

두 시간이 가까운 거리를 서서, 그것도 사람들에게 파묻혀 있어야 하는 내 스트레스를 풀어 줄 만한 건, 당시엔 책이었다. 대신 재미없는 책을 읽을 땐 마찬가지로 스트레스 지수가 쫙 올라갔다. 괜히 가방이 더 무거워지고 슬그머니 선반 위에 두고 내리고 싶은 충동까지 일었다. 그래서 재미있는 책을 고르려고 무척 심사숙고했다. 그때는 책 읽는 게 무척 즐거웠다.

그 뒤로 몇 년 뒤, 나는 독서와 서서히 멀어져 갔다. 무엇보다 편집하는 책이 늘어날수록 책을 읽는 게 힘들었다. 더 이상 독서는 나에게 '취미'가 아니라 '노동'이었다. 활자 자체를 읽고 싶지 않았다. 나뿐만 아니라, 지하철에는 독서하는 사람들이 점점 줄었다.

각종 OTT 서비스와 유튜브가 발달했고, 우리는 합법적인 중독(?), 뇌에 도파민을 충족시켰다. 현실은 복잡하고 힘드니까 판타지 속에 살면서 현실을 잠깐 잊는 게 오히려 정당하다고 자위했다. 정신병에 걸릴 듯 스트레스에 미쳐 버릴 것 같은 나를 구원해 준 고마운 존재라고 생각했다.

2024년 5월.

회사를 그만두고 출퇴근을 하지 않아도 되는 자유의 몸이 되었다. 이제 고된 출퇴근길에 아무 생각 없이 영상을 보지 않아도 된다. 그러자 책이 다시 눈에 들어왔다. 집 근처 도서관에 슬슬 걸어가 서가를 쭉 훑어보고, 보고 싶은 책을 읽고 필사한다. 서점에도 가서 좋아하는 장르의 책을 고른다. 다시 책 읽기를 하며 '즐겁다'는 느낌을 받는다.

책을 좋아하던 사람이 갑자기 책을 멀리하게 될 때, 단순히 유튜브, 웹툰 때문이라고 생각했다. 책이 그러한 매체들보다 재미없기 때문에, 사람들이 도파민에 중독되어 활자에 집중하지 못하기 때문이라고 말이다.

하지만 어쩌면 사람들이 책을 읽지 않는 것은 '마음의 문제'가 아닐까 생각해 본다. 차분히 앉아서 글자를 볼 마음의 여유가 없기 때문은 아닐까? 일상이 너무 바빠서 여유가 없다 보니 책을 멀리하는 건 아닐까 싶다. 요즘엔 아주 조금 여유가 생겼고, 책을 읽으며 뇌가 생각하는 시간을 갖는 일이 즐겁다.

'바쁘다 바뻐, 현대사회'에서 전 국민의 취미가 '독서'였던 시절이 다시 오기를 바라는 건 역시 무리일까.

어제의 적이 오늘의 동지로

내가 기존 출판업과 조금 다른 회사에서 일할 때 일이다. 여의도 마천루 빌딩에서 대기업을 상대하는 조직에 있었기에 언제나 내 행동거지는 매일 각 잡힌 정장과 화장을 해야만 했다. 자유롭지 않은 '비즈니스 마인드'를 장착해야만 했다.

회사는 50년대생부터 70년대생까지 직원이 중심인 조직이었다. 오래된 조직 문화가 있을 수밖에 없었다. 그 당시에 80년대생인 나는 그들을 모시고 접대해야만 하는 조직의 제일 아래에 있었다. 그런 회사에서 정말 힘든 일도 많았지만, 깨달은 것도 많았다.

그때 회사에서 업무상 만났던 어르신이 모 회장의 편집 중 이야기를 해 준 적이 있다. 대기업의 회장이었는데, 탁구를 치면 공이 똑같이 맞을 때까지 친다고 했다. 자신이 치는 공의 각도를 정하고 그 각도에 맞게 될 때까지 치다 보니, 하루 종일이 걸릴 때도 있었다는 거다.

그 이야기를 듣는 순간, 처음엔 소름이 끼쳤다. 탁구공 치는 일이 뭐라고 그렇게까지 할 일인가 싶었다. 그러다 약간의 경외심이 생겼다. 뭐든지 다 스스로 컨트롤하고 또 그것이 가능한 삶을 사는 사람들의 자기 조절 능력에 대해 생각했다. 수백만의 사람과 돈, 권력을 쥔 사람들은 사소한 것까지도 자기 조절 능력 안에 둔다는 사실이 놀라웠다.

어르신들을 모시는 직장 생활에서 이전에는 생각하지 못했던 다음과 같은 마음을 가지게 되었다.

1) 비즈니스에는 감정을 뺀다.
2) 실수했을 때 대처할 수 있는 능력을 키운다. 대처 능력이 떨어지면, 실수가 없도록 업무를 완벽하게 해낸다.
3) 비즈니스 관계에서는 동지도 적도 없다.

그중 마지막이 가장 어려웠다.
'비즈니스 관계에서는 동지도 적도 없다.'
회사에 다니면서 누구나 자신과 맞지 않는 사람을 만난

다. 하지만 회사는 동호회도 아니고 학교도 아니다. 일을 하는 곳으로 비즈니스라는 개념이 들어가면 철저히 '일 중심'이 된다. 노동자인 나는 그저 사무실의 복사기와 다름없다. 감정을 빼지 않으면 사람과의 관계 속에서 어긋나기 마련이다.

그런데 나는 그 회사에서 어떤 한 사람이 매우 불편했다. 하지만 어디 회사에서 관계가 안 좋은 사람과 떨어질 수 있겠는가. 지금이라면 눈 하나 깜짝하지 않고 그 사람과 손을 잡을 수 있겠지만 그때의 나는 일 관계에서도 감정을 숨기기 어려워했다. 최대한 불편한 감정을 숨기며 주어진 업무를 그 사람과 꾸역꾸역 해 나갔다. 그런데 의외로 정말 나와 맞지 않을 것 같던 사람과 업무를 같이 하며 손발을 맞춰 나갔고, 힘들기만 할 줄 알았던 프로젝트가 순조롭게 끝났다. 그때의 쾌감이란, 이루 말할 수 없다.

그 사람을 내 '직장 생활 빌런'이라고 생각하며 일했는데, 그 빌런과 내가 합을 맞춰 좋은 성과를 냈을 때, 오묘함을 느꼈다. 물론 그 사람도 비즈니스를 했으니까 나에 대해 사적인 진심은 없었을 것이다. 그 사람 역시 전략상 나와 잘 지냈다는 걸 어렴풋이 알고 있었다. 진심도 섞여서 태도가 변한 것도 있겠지만 결국 나중에는 원래 서먹서먹하던 때로 돌아갔다. 하지만 이전과 다른 태도로 나를 대해서 회사 생활이 조금 편해졌다. 그때 경험으로 나는 일할 때 동지도 적도 없음을 깨달았다.

그 뒤로 회사를 옮길 때마다 나와 맞지 않는 사람과는 철저하게 전략적으로 비즈니스 관계를 맺었다. 되도록 틈을 보이지 않으려 했다. 그렇다고 동지라고 생각하는 사람을 만들려고 너무 애쓰지도 않았다.

여전히 직장에서 누군가를 무시하고 괴롭히는 사람은 나쁘다고 생각한다. 같은 노동자에게 그럴 권리가 전혀 없다. 하지만 어딜 가나 빌런은 존재한다.

지금 직장 동료와 관계 때문에 어려움을 겪고 있다면, 톨스토이의 말을 전하고 싶다.

다른 사람이 속으로 무슨 생각을 하는지 모르는 한 항상 그가 선하다고 생각하는 편이 낫다. 어느 누구도 남의 마음속을 들여다보지 못하기 때문에 자기 기준으로 남을 판단하는 것은 잘못이다.

사람의 마음은 변화의 가능성이 늘 열려 있다. 어리석은 사람이 영리해질 수도 있고, 악한 사람이 선한 사람이 될 수도 있으며, 그 반대도 가능하다. 당신이 어떤 사람에 대해 어떤 판단을 내리는 순간, 그는 이미 변해 있을지도 모른다.

내 업무를 정확하게 하고, 그와는 전략적 관계를 맺으면 업무상으로는 한순간이어도 동지로 남을 수 있다. 톨스토이의 말처럼 상대가 좋은 사람이라고 프레임을 씌우고 대하는 것도 좋은 방법이다. 처음에는 나 자신을 속이는 듯하지만 나중에는 좋은 사람으로 대하면 정말 좋은 사람이 되는 것을 경험할 수 있을 것이다. 인간관계는 항상 어렵지만 노력했을 때 관계가 바뀌는 걸 보면 신비롭다.

편집자의 일

한 원고의 교정을 여러 사람이 보면 좋은 점이 있다. 내가 못 본 틀린 글자나 빠트린 글자를 누군가 찾아 준다. 그렇게 하다 보면 원고가 좀 더 분명하고 정확해진다.

그런데 반대로 여러 사람이 보면 안 좋은 점이 있다. 이 사람 눈에는 괜찮은 글이 저 사람 눈에는 안 괜찮아 보여서 고치게 되는 것이다. 원고를 두고 의견 차이가 생기면 글은 중구난방이 된다. 편집 일은 사람이 하는 일이기에 주관적 관점이 들어간다는 점에서 의견 차이가 날 수 있다.

독자가 최대한 읽기 편하게 편집하는 과정에서 간혹 문제가 생긴다. 편집자는 신이 아니라 사람이라는 것. 그래서 이 사람한테 가면 이런 편집으로, 저 사람한테 가면 저런 편집으로 변한다. 그렇게 원고가 돌다 보면 어떤 때는 알맞게 다듬어지기도 하고, 어떤 때는 갈기갈기 찢겨 원래의 맛을 잃는 경우도 있다.

나는 보기에 화려한 요리를 만들어 내는 요리사보다는 원래의 재료를 최소한으로 다듬으면서 그 맛을 잃지 않고 맛있게 만드는 요리사가 멋있다고 생각한다. 그래서 나는 원고를 다듬을 때, 원서에서 의미가 달라지지 않는 방향으로 세심하게 단어를 고르고 문장을 바로잡는다.

더구나 일반 독자들이 모두 즐겨 읽는 책이 아니라 소수의 독자가 읽는 전문적인 책이라면 더더욱 그렇다. 원고를 고칠 때는 원서를 하나하나 대조해 가면서 그 의미가 훼손되지 않는 범위에서 편집해야 한다.

책마다, 작가마다 고유한 글맛이 있다. 편집자로서 글을 다듬다가 자칫 자신의 글인 양 취향이나 개성이 들어가기도 한다. 독자들은 잘 모르지만 적지 않은 출판사에서 작가보다 출판사의 의견대로 진행하기도 한다.

이름난 작가들 같은 경우 원고에 함부로 손을 못 대기도 하지만 이런 작가는 아주 소수이다. 대부분의 작가들 글은 출판사에 들어가면 많이 편집되어 책으로 나온다. 물론 비문학 분야일 경우, 손이 많이 가긴 한다. 번역서의 경우는 손이 더 많이 갈 수 있다. 더욱이 경력이 많지 않은 번역가가 작업한 원고라면 손을 많이 거친다. 거칠기 때문에 많이 바꿔야 하기도 하지만, 가끔은 번역가를 신뢰하지 못해서 습관적으로 고치는 것은 아닌지 돌아볼 필요가 있다.

지금까지의 이야기는 글을 다룰 때 편집자가 하는 일이고, 사실 책임지고 책을 만드는 편집자가 하는 일은 더 많다.

도서 편집자가 무슨 일을 하는지 모르는 사람들은 그저 오탈자나 띄어쓰기 고치는 사람으로 생각하기도 한다. 그러나 편집자는 영화를 만드는 감독과 같다. 영화를 만드는 데 많은 사람이 있고, 그들을 디렉팅하는 것처럼 편집자가 하는 일도 디렉팅 업무에 가깝다.

기획부터 콘셉트, 원고 구성, 편집 업무 외에 작가 관리, 디자이너, 마케터, 인쇄소 들과 협업할 때 주도적으로 일한다. 책이 나오기까지 그야말로 '책임 편집'을 하는 사람이다.

일정 관리, 종이를 선택하고, 가격 정하는 일까지 아주 세심하게 결정해야 하는 일이 많다. 출판사에 근무하는 다른 어떤 직군보다 가장 신경을 많이 쓰고, 책임지는 역할을 맡다 보니 모든 과정에 예민할 수밖에 없다. 애정 또한 그렇다. 편집자 손으로 하나부터 열까지 진행하다 보니, 마치 '내 자식'처럼 느껴질 때가 한두 번이 아니다.

나는 그렇게 만든 책이 독자의 손에 들리고, 사랑을 받을 때의 뿌듯함, 보람 때문에 이 일을 놓을 수가 없다.

책값이 비싸지는 이유

사람들은 말한다. 책값이 너무 비싸다고. 그런데 물가도 많이 오르고, 영화 티켓값도 오르고, 밥값에 커피값을 더하면 책값은 싼 편이 아닌가 싶다. 한번 소비하고 마는 커피와 케이크 비용은 아깝지 않고, 사 두면 두고두고 읽을 수 있으며 단순한 오락거리보다 훨씬 가치 있는 시간을 선사하는 책에 투자하는 일은 왜 그렇게 인색할까.

한때, 책값은 매우 저렴했다. 그러니까 전 국민이 취미 칸에 '독서'라고 쓸 때만 해도, 책들은 평균 만 원을 넘지 않았다. 동네 서점도 많았고, 사람들은 책을 많이 읽었다. 백만 부 베스트셀러가 심심찮게 나왔던 시절이었다.

그러나 온라인 서점이 생기고, 대형 서점이 자리를 잡기 시작하더니, 책값에 변화가 생겼다. 온라인 서점에서 책을 팔아 줄 테니 공급률을 높여 달라 한 것이다. 사람들은 책도 온라인으로 사게 되었고, 온라인 서점의 위상도 날이 갈

수록 높아졌다. 도서정가제라는 것도 생기고, 출판사들은 손익분기점을 맞추려고 책값을 올릴 수밖에 없었다. 물가가 오르며 종잇값을 비롯한 많은 것들이 오르면서 자연스레 공정 과정에서 출판사 역시 품값을 올리게 되었고, 온라인 서점들이 요구하는 공급가에 맞추느라 손익분기점 때문에 다시 값이 오르게 됐다.

그리고 눈에 보이는 게 중요해지면서 책을 찾는 사람들도 표지가 아름다운 걸 찾으니까, 출판사들은 표지 디자인을 위해 비싼 삯을 주고 디자인을 사야 했다. 이런저런 이유 때문에 책값이 오르게 되었다.

동네 슈퍼가 대형 슈퍼에 밀려 사라진 것처럼, 동네 서점들도 기업화된 대형 온라인 서점과 기업 서점 때문에 많이 사라졌다. 싸고 편리함을 추구하다가 점점 문화와 식품, 생활하는 모든 것에서 대형화, 기업화, 단일화가 되어 가고 있다.

물론 독립서점이라는 이름으로 작은 서점들이 많이 생겼지만, 여전히 오프라인 시장은 차갑고, 책을 점점 읽지 않는 풍토에 서점도 어렵고 출판사도 어렵다.

이제는 웬만한 정보도 인터넷에 많기에 사람들은 더욱 책을 읽지 않는다. 그러다 보니 책을 읽는 사람만 읽고, 고

급 정보를 보고 싶은 사람들이 찾는 쪽으로 바뀌고 있다. 박리다매로 이익을 얻지 못하면 어떻게 해야겠는가. 가격을 높여 정말 필요한 사람에게 판매해야 출판사도 먹고살지 않겠는가.

그렇게 책값은 점점 올라가고, 어떤 소비자들은 가격 때문에 구매를 꺼리기도 한다. 하지만 앞에서 말했듯이, 다른 물가 상승에 비하면 책값이 비싼지는 잘 모르겠다. 또 다른 소비에 비하면 책은 소비라기보다 투자의 개념이기 때문에 책값을 논해야 하는지도 모르겠다.

요즘은 출판사를 운영하며 매출에 신경 쓰다 보니, 더욱 책값에 민감해진다. 손익분기점만 맞출 수 있다면 나도 싸게 책값을 매기고 싶다.

소송할 수 있을까요?

변호사님, 2015년 3월 27일 퇴근 후, 회사에서 회식을 했습니다. 밤 10시쯤 높은 직급의 사람들이 가고, 대리 한 명과 사원급인 저와 동료가 남았습니다. 셋이서 일하며 쌓인 것을 풀겠다고 포장마차에 갔는데, 대리라는 사람이 폭언과 폭행을 저질렀습니다. 요지는 "버러지 같은 너희와 말도 섞기 싫고, 일도 못하는 것들이라며 회사를 나갔으면 좋겠다"였습니다. 그러더니 갑자기 제 동료의 뺨을 때렸습니다. 그것도 모자라 식탁을 뒤집어엎어서 저는 안주를 뒤집어썼습니다.

그러고는 갑자기 술 취한 연기를 했습니다. 하. 네, 그 사람이 술은 많이 먹기는 했지요. 우리에게 횡포를 부리고 포장마차 바닥에 쓰러져 있는 그 여자를 버리고 갈까 잠시 생각했지만, 그래도 회사 상사였기 때문에 동료와 저는 그 사람 집까지 바래다주었습니다. 그런데 그 사람의 아버지는 데려다준 우리에게 고맙다는 말은 못 할망정 이런 사람들과 왜 어울리냐고, 회사 그만두라며 역정을 냈습니다. 애써 집까지 데려다줬는데, 우리에게 화만 냈지요. 그 아비에 그 자식이랄까요?

그날부터 회사에 가면 그 사람 얼굴만 봐도 화가 나고 일도 잘되지 않습니다. 폭언과 폭행을 휘두른 이 사람을 고발할 수 있을까요? 상처받은 저와 제 동료의 마음은 어떻게 치유하면 좋을까요? 우리는 이 회사에 다닌 지 3년이 되었고, 그 사람은 겨우 4개월이 되었습니다. 그 사람 때문에 회사를 나가고 싶은 생각도 없습니다.

평소에 일할 때도 구체적으로 잘못된 점을 지적하지 않고 감정적으로만 대하는 그 상사의 잘못은 부족한 인격에서 나온 행동임은 분명하나, 이번 사건으로 고소할 수 있는지에 대해 알고 싶습니다. 동료의 뺨을 때리고 나서부터의 언행은 제가 바로 녹음을 해서 파일이 있습니다. 이럴 때는 어떻게 하면 좋은지 알려 주세요. 감사합니다.

안녕하세요. 청년유○○ 노동상담국 ○○○ 변호사입니다.

우선 대리가 뺨을 때리거나 식탁을 엎고 폭언 및 욕설을 한 행위는 형법상 폭행죄에 해당할 수 있습니다.

다만, 술에 취해 있다는 사실 등이 감경 사유는 될 수 있습니다. 그리고 폭행죄의 경우 반의사불벌죄이므로, 피해자가 수사기관에 고소한 후, 합의가 이루어져 고소를 취하하는 경우에 불기소처분이 이루어지게 됩니다.

그러므로 우선 형사 고소를 한 후에 합의를 통해서 가해자의 사과와 금전적 보상을 받을 수 있을 것입니다. 실제로 형사처벌을 하는 것은 원만한 사회생활을 위해서도 적절하지 아니할 듯합니다.

*

나와 동료는 직장 상사에게 괴롭힘을 당했다. 이 일이 있기 전에 그 사람이 나와 동료를 싫어한다는 말과 업무적으로 험담을 들었고, 그러다 술에 취해 정신을 놓은 대리가 결국 일을 저질렀다. 위 내용은 그때 내가 법률 자문을 받은 내용이다.

2015년에만 해도 '직장 내 괴롭힘'이라는 제도가 제대로 시행되지 않았다. 회사에서 괴롭힘을 당해도 직장 상사가 그랬다면 그냥 참고 넘어가는 문화가 강했다.

평소에도 힘들게 했지만, 회식 자리에서 술에 취해 폭언과 폭행을 저지른 그 여자 때문에 나와 동료는 근로 의욕을 잃고 말았다. 그런데 변호사의 답변이 시원찮았다. 술에 취하면 감경 사유가 될 수 있다는 말에 억울했다. 그다음 날 그 여자는 기억이 안 난다면서, 그날 이후로 우리를 피했기 때문이다. 기억이 안 나는 사람이 왜 우리를 피했을까? 술에 취해서 벌인 일은 정말 감경 대상이 되어야 할까?

다행인지 불행인지 그 여자는 그 사건 이후 한두 달 뒤에 회사를 그만두었다. 하지만 나와 내 동료의 마음은 한동안 일을 못 할 만큼 괴로웠다.

아직도 가끔 직장 괴롭힘 때문에 목숨을 잃는 사람들의 안타까운 이야기가 뉴스로 나온다. 우리는 같은 노동자로서, 같은 인간으로서 왜 그토록 서로를 못살게 굴어야만 할까? 무엇이 우리 마음을 이렇게 만들었을까?

난 A급인가, B급인가

어떤 회사에서 일할 때 일이다. 경력으로 이직을 했지만, 회사 내규에 따라 또다시 3개월의 수습을 거쳐야 정직원이 될 수 있었다. 소규모 회사든, 대규모 회사든 3개월의 수습 기간은 나를 괴롭게 했다.

그래도 큰 회사라서 그런지 평가 제도가 그래도 객관적이고 합리적이었다. 수습 기간을 끝내고, 스스로 정규직 평가를 하게 하고, 팀장, 본부장 등의 평가가 이어졌다.

나는 나에게 A를 주었다. 같이 들어간 입사 동기들은 물어보니 평균적으로 자신에게 B를 주었다. 처음엔 거만해 보이거나 욕심이 많아 보이진 않을까, 제출하고 나서도 고민했지만 하루를 지내고 보니 잘했다는 생각이 들었다. 새로 들어간 회사에서 3개월 동안 정말 열심히 했고, 그런 나에게 A를 주는 것이 떳떳했다.

나에게 B를 준다면 나는 그저 그런 'B급 인간'이 되는 것 같았다. 이런 평가 시스템이 잔인하지만 시사하는 바도 많다. 사람들은 아무리 내가 잘해도 B 이상은 주지 않을 것이고, 나는 최상의 인간으로 평가받지 못한다는 것이었다.

물론 이러한 표면적 평가로 그렇게 확대해서 해석하는 게 과장일 수도 있지만 어쨌건 점수로 보자면 그렇다는 이야기다. 경쟁 사회에서 A를 받기는 쉽지 않다. 당시에 공채로 같이 들어간 사람들이 10여 명이 되었기에 그중에서 나는 B 정도는 되지만, A는 아니었다.

그러다 보니 A라는 점수는 나 스스로가 아니면 누구도 나에게 줄 수 없었다. 그래서 스스로라도 주어야 한다고 생각했다. 결국 최종 평가는 평균 B로 무사히 정규직이 될 수 있었지만, 그 회사는 늘 평가를 매기는 곳이어서 긴장을 늦출 수 없었다. 마치 학창 시절로 돌아간 듯, 내 성과를 위해 전의를 다진 순간이었다. 그렇게 성과주의 인간이 되어 가는 순간이기도 했다.

학교를 졸업했지만 사회는 늘 우리를 A냐, B냐, C냐 점수 매기고 있다.

정글 속 상명하복

상명하복. 전혀 그럴 것 같지 않던 사람이 내게 '닥치고 빨리 하라'고 했다.

나는 어릴 때부터 어떤 일에 대해 그 이면, 배경까지 궁금해하는 성격이었다. 질문이 많았던 나는 궁금한 것을 묻거나 어떤 말에 꼬리를 붙이곤 했는데, 아버진 "아무 말도 하지 말고 그냥 해. 무슨 말에도 토 달지 마."라고 했다. 그래서 집에서는 입을 다물었다. 하지만 다 커서 사회에 나온 나는 왜 이 일은 이렇게 하고, 저렇게 해야 하는지 납득이 가지 않으면 줄곧 "왜 그래야 하는데?" 하고 토를 달았다.

왜 토를 달면 안 되는 것일까? 충분히 납득할 만하게 설명하고 업무 지시를 하면 안 되는 것일까? 나를 다룰 줄 아는 상사라면 내 성격을 파악하고 아주 조금 시간을 내어 충분히 설명한 뒤 일을 시킬 수도 있을 것이다.

그 상사는 평소에 편견 없고, 자유로운 생각과 자칭 '열린 마인드'로 사는 사람이었다. 그런데 그날은 갑자기, 싹 돌변해서는 '묻지도 따지지도 말고' 일하라고 하니 당황스러웠다.

나에게는 그런 태도가 '권위 의식'처럼 느껴졌다. 권위는 스스로 만드는 게 아니라 상대방이 만들어 줄 때 생기는 거 아닐까? 권위를 '부리고자' 하는 사람이라면 그 앞에선 그런 척할 수밖에 없다. 하지만 그 사람은 권위가 선 게 아니다. 이제 역으로 내가 그 사람을 다뤄야 한다. 고압적인 태도에 눈 딱 감고, 이유는 묻지도 따지지도 않고 모든 명령에 복종하는 수동적인 인간인 척하게 되는 것이다. 직장 생활 6년 차였던 나는, 어느새 '까라면 까는 인간'이 되어 있었다.

나에게 그동안의 사회생활은 정글이었다. 홀로 약육강식 환경에서 죽기 아니면 살기로 노력해야만 하는 정글. 눈치 빠르게 파악하고 행동해야만 살아남는 정글. 약자는 당하기 마련인 정글. 돈 많고 권력 있는 강자가 벌여 놓은 일을 해내는 건 정작 약자지만, 약자에게 힘이 없다. 약자니까.

한낱 사원이었던 나는 자존심도 팔고, 가치관도 버리고

하루하루를 살았다. 열정과 의욕 넘치던 정신은 회사 정문 쓰레기통에 버리고 기계처럼 하라는 대로 "예, 예" 하기를 반복했다. 가끔 남의 뒤통수나 치는 비열함이 능력이라고 말하는 상사까지 눈뜬장님처럼 못 본 척해야 했다.

정글. 소화가 끝나야 열리는 파리지옥처럼 영혼의 뿌리까지 내줘야 입을 벌리는 곳 같았다. 내가 경험했던 사회생활의 일부는 정말 징그러운 정글이었다.

그런데 '회사 바깥은 지옥'이라는 말이 있다. 정글을 견디는 것도 벅찬데 회사 바깥은 지옥이라니, 끔찍한 말이다. 사람들은 왜 그렇게 죽는소리를 입에 달고 사는지 모르겠다. 회사 바깥은 지옥이니까 퇴사하지 말라고 사람들은 말했다.

직장 생활 14년 차, 막상 퇴사하고 출판사를 차리고 보니, 바깥이 온전한 지옥은 아니다. 도리어 안에 있던 과거의 나는 바깥이 지옥인 줄 알고 아등바등 좁은 우물 안에서 산 개구리였다. 정글이 맞지 않는 사람에겐 넓게 펼쳐진 평야 같았다.

물론 하나부터 열까지 모든 시스템을 홀로 만들고 이끌어야 하는 것이 고통스럽긴 하지만, 이런 일이 체질에 맞는다면 도리어 조직 안에 있는 것이 더 지옥일 것이다.

누가 무어라고 하든, 어떤 일이든 자기가 하기 나름이다. 내가 조직과 맞지 않다면, 스스로 무엇이 맞는지 고민하기를 바란다. 무엇보다 회사 괴담 같은 것에 휘둘리는 사람은 되지 않기를 바란다.

특별한 평일 점심

나인 투 식스(라고 쓰고 퇴근 없는 삶이라 읽는다)로 일주일 중 5일을 살다 보면 간혹 평일 점심시간에 바깥에 나오는 일이 너무 재미있다.

외근이 있어서 건물 밖에 나오는 일은 제대로 된 외출이 아니다. 영혼까지 사무실에 묶여 있어야 월급을 받을 수 있는 월급쟁이들에게 외근은 내근의 연장선일 뿐이다. 그나마 점심시간에 바깥 공기를 마시며 숨쉬기를 연장한다.

지금은 아무 때나 평일 점심시간을 활용할 수 있지만, 회사 다닐 때는 평일에 쓰는 반차가 정말 꿀맛 같았다. 연차와는 다른 특별한 느낌이다. 회사에서 일은 일대로 하고, 이후에 보람찬 마음으로 내 시간을 쓸 수 있다는 생각에 반차는 무언가 더 값지게 느껴졌다. 오전 근무만 하고, 맛있는 점심을 먹으러 가는 시간은 정말 귀하다.

요즘 '반차 여행'이란 말이 생겨나 반차로 취미 생활도 하고, 자기 계발도 하고, 맛집도 가고, 병원도 가고, 쇼핑도 하며 '갓생' 사는 직장인들이 많다고 한다. 소중한 내 시간을 허투루 보낼 수 없으니 슬기로운 직장 생활 가운데 하나인 듯하다. 평일에 쓰는 반차는 정말 돈 주고도 못 살 영양제와 같으니까.

반차를 알차게 쓴 순간을 꼽으라면 카페에 가서 여유를 즐겼던 순간이라고 말하고 싶다. 바쁜 업무에 치여, 활자에 치여, 책을 싫어하던 시절, 더 이상 책과 멀어지면 안 되겠다 싶어서, 반차를 내고 책 한 권 들고 카페에 갔다. 그때 무슨 책을 읽었는지 정확히 기억은 나지 않지만, 햇살 가득한 봄에 브런치를 먹으며 책을 보던 그 순간은 천국이었다. 여유 있는 그 순간이 에너지를 충만하게 했고, 다시 일할 마음을 주었다.

이제 회사를 퇴사하고, 출판사를 차리면서 그런 꿀맛 같은 평일 점심을 아무렇지 않게 보내는 중이다. 그런데 요즘에는 짬을 내어 바깥을 돌아다녀도 그 단맛이 안 난다. 평일 낮의 점심이 아주 특별한 시간이 되려면 어딘가에 매여 매일 출근해야만 한다. 그래야만 자유를 느낄 수 있기 때문이다. 매우 복에 겨운 소리 같지만, 나를 부러워할 것이 없다. 창업하고 6개월 동안 이런 시간을 낸 일은 겨우 세 손가락 안에 꼽는다.

열정과 냉정 사이

퇴사하기 전, 회사에서 몇 년 동안 한 달에 한 권씩 책을 만들었다. 혼자서 한 달에 한 권을 외주도 거의 없이 진행하는 일은 쉽지 않았다. 하지만 인정받고 싶었고, 해내고 싶었다. 또 열정도 가득한 시기였다.

그때는 쉼 없이 달리면서 지쳤다는 생각은 못 했는데, 우선 몸이 많이 피곤한 것은 둘째 치고, 정신이 바닥을 쳤다. 중간에 외주를 한두 번 쓰긴 했지만, 어차피 성에 안 차서 교정을 다시 보았고, 덕분에 주말에도 일할 때가 많았다.

문제는 마감하고 난 뒤였다. 보도 자료를 써야 하는데, 머리가 전혀 돌아가질 않았다. 마감하느라 원고를 너무 많이 봐서, 인쇄 파일 자체를 다시 열기 싫었다. 마감 파일을 열면 어지럽고 두통이 일었다. 보도 자료를 쓸 때면, 심호흡을 하고 엄청난 각오로 원고를 다시 들여다봐야 했다.

무엇보다 마감을 한 번 할 때마다 수명을 조금씩 깎아 먹는 듯, 온몸에 힘이 빠졌다. 앉아서 일한 시간만큼 몸도 축축 늘어졌다.

편집자 일을 하면서 그렇게까지 집중해서 일한 때가 없었다. 한 권, 한 권 처음부터 끝까지 내 결정으로 진행하는 자리에 있으면서, 사장은 아니지만 내 회사인 것처럼 생각하고 만들었다. 내가 잘해야 매출이 생긴다고 생각해 최선을 다했다. 열심히 만들어서인지 두세 달에 한 권씩 몇만 부씩 팔리는 책들이 생겼다.

베스트셀러를 만들었다며 좋아할 여유도, 뒷일을 마무리할 여유도 없이 또 다른 책을 마감해야 했다. 마감하고 바로 그다음 책 조판 원고를 교정해야 하는 상황을 만들다 보니, 매번 책과 책 일정이 겹쳐서 특히 보도 자료를 쓸 여력이 없었다. 고백하자면, 오래 고민할 시간이 없어서 한 시간 만에 쓴 글로 서점에 등록한 적도 있다.

이때는 회사의 조직원으로, 편집자로 일하면서 '매출을 생각하고 책을 만들어서' 번아웃이 온 듯했다.

그때만 해도 편집자로서 책의 역할이나 가치를 중요하게 생각했다. 그렇기에 책은 반드시 독자에게 의미가 있어야 하며, 다른 매체에서 할 수 없는 역할을 해야 한다고 생각했다. 그것이 매출과 잘 연결되면 좋겠지만, 생각보다 의미 있는 책은 잘 팔리지 않는 편이다.

무조건 '잘 팔리는' 책을 위해 혈안이 되어 기획하고 편집하고 있었으니, 무언가 힘이 빠졌다. 다른 팀과 매출로 경쟁하는 일에도 지쳐 갔다.

시간이 흘러 출판사 사장이 되었고, 편집자보다는 마케터 또는 사장 마인드를 장착해야 하는 때가 되었다. 하지만 무조건 잘 팔리는 책을 기획하고, 고르지는 않는다. 오랫동안 꾸준히 출판사를 운영할 수 있도록 너무 잘 팔리는 책보다는 의미도 있고 팔리기도 하는 책을 만들고 있다.

한 달에 한 권 내던 그때보다 에너지는 덜 들지만, 선택에 신중하다. 사장이 되고 나서 좌우명이 생겼다.

'머리는 차갑게, 가슴은 뜨겁게.'

책을 기획할 때도, 편집할 때도, 영업할 때도, 마케팅할 때도 이 말을 새기며 일한다.

마감 후일담

그림책에 관한 책을 편집했다. 그림책에 대한 수많은 원고 중에서 가장 진지해 보이고, 침착한 느낌의 원고였다. 주제와 연결해서 어른 책을 추천한다는 점도 끌렸다. 그림책으로 생각하고, 치유하고, 자신과 아이를 발견해 나가는 엄마의 이야기가 엄마 독자에게 영향을 줄 거라 생각했다. 그래서 계약을 했고, 편집을 했고, 마감했다.

내가 이 글을 쓰게 된 이유는 이 원고만큼 편집하기 어려웠던 책이 없었기 때문이다. 우선, 분야를 정하는 것부터 힘들었다. 자녀교육 분야로 넣어야 할지, 서평에 대한 그리고 인간을 탐구하는 영역의 인문 분야로 넣어야 할지 계속 고민이 되었다.

분야 선정, 콘셉트, 제목까지 명확하게 관통하는 게 없어 혼란의 연속이었다. 거기에 나를 혼란의 카오스로 빠트린 건 따로 있었다. 바로, 원고의 난문(難文).

개념 설명이나 전문 용어가 하나도 없는 글인데도 비문의 향연으로 손볼 곳이 많았다. 문장이 출발지가 A라면, B와 C 근처에 있어야 하는데 Z까지 가 버렸다. 주술 관계가 맞지 않고, 문장 안에 또 다른 문장이 끼어 있는 구조가 많아서 난감했다. 문장과 문장 사이의 인과관계도 없었고, 그냥 단편적인 생각이 한 문단 안에 줄지어 있었다.

몇 달 전, 저자가 계약한 뒤 샘플 원고와 완전 다른 원고를 줘서 결국 외주자를 붙여 다시 쓰는 수준으로 윤문했던 책이 떠올랐다. 그런데 이 원고는 전체 원고를 보고 진행했는데, 어떻게 이럴 수가! 그러니까 대충 읽으면 대강 뭔 말인지 알겠는데, 꼼꼼히 따지고 들면 하나도 맞지 않는 문장이랄까. 부족한 설명, 과잉 설명이 많았다.

작가에게 사정을 설명하고, 양해를 구했다. 고맙게도 작가는 너그러이 내 뜻에 따른다고 했다. 뼈대만 두고 살을 계속해서 붙이고, 덜어 냈다. 그래도 뼈대는 있으니 다시 세울 수 있다는 마음으로 윤문했다. 글을 거의 다시 쓰면서 작가를 원망하지 않았다. 그림책에 관한 책을 편집할 수 있다는 생각에 사로잡혀 판단이 흐렸던 내 책임이었다. 오히려 작가가 주제를 하나씩 잡아 적절한 책을 소개한 능력이 뛰어나 읽으면서 감탄했고, 좋은 책을 추천해 줘서 고마웠다.

나는 그림책을 좋아한다. 10여 년 전, 처음 일했던 출판사도 그림책을 만드는 곳이었다. 작가들이 상주해서 작업할 수 있는 공간이 있을 정도로 작가를 관리하는 것을 중요하게 여긴 곳이었다.

그림책을 좋아했던 건 2004년부터였다. 처음 그림책에 관심을 가졌던 건 누군가 문학 수업 시간에 《누가 내 머리에 똥 쌌어?》를 분석해 온 걸 보고 나서였다. 교수님은 좋은 그림책이라며, 그 책을 고른 학생을 칭찬했다. 《누가 내 머리에 똥 쌌어?》는 두더지 머리 위에 누가 똥을 쌌는지 똥의 주인을 찾아가는 이야기로 아이들이 좋아하는 '똥'이 다양한 모양으로 나온다. 누가 내 머리에 똥 쌌냐고 반복해서 묻는 문장이 리듬감 있고, 문제를 해결해 가는 방식이 신선하다.

그 뒤로 나에게 영감을 주는 수많은 그림책을 만났다. 사노 요코의 《100만 번 산 고양이》, 데이비드 위즈너 《이상한 화요일》, 지미 리아오 《지하철》, 모리스 샌닥 《깊은 밤 부엌에서》, 어른이 보아도 좋은 그림책들을 모으기 시작했다. 무엇보다 당시에 그림책 공모전인 CJ 그림책상이 있었다. CJ에서 그림책 전시회를 열었는데 그 전시회에서 좀 더 깊게 그림책 세계에 입문하게 되었다.

CJ 그림책상은 2008년도 8월부터 공모를 시작해 2009년 1월, 2009년 11월, 2010년 12월까지 세 번 열렸다. 규모가 큰 공모전이었는데, 아쉽게도 현재는 폐지되었다. 그리고 서울국제도서전, 그림 작가들이 모이는 전시회, 해외 서점에서 빠지지 않고 그림책을 수집해 나갔다. 그러나 내 열정은 2013년쯤에 끝이 나고 말았다. 고로 이후에 나온 그림책은 잘 모른다는 뜻이다!

이번 책의 저자가 소개한 그림책은 대부분 최근작이고, 아주 유명한 책이 아니었기 때문에 더 몰라서 한 권 한 권 읽어 가며 편집을 했다. 오랜만에 만난 그림책은 역시 내게 많은 영감을 주었다. 좋았다. 내가 그림책에 대해 애정을 가진 만큼, 더 잘해야 한다는 생각에 원고에 지나치게 몰입해서 힘들었던 것 같다.

그림책 출판사에서 일반 단행본 출판사로 이직하고, 또 아이들을 위한 책을 만드는 곳에 가서 그림책을 몇 권 더 편집했지만 나는 어른을 위한 책, 일반 단행본을 주로 편집했다. 오랜만에 그림책 이야기가 담긴 원고를 편집해서 잠시 흥분했던 걸까.

아니면 자꾸 매출에 신경이 쓰이고, 계획한 책들을 기한 안에 내느라 급급하다 보니 콘셉트도 명확하지 않고, 차례도 설득력이 떨어지고, 카피도 어설픈 것 같았다. 내 모자람만 보인 탓일까. 확신 없이 내 손을 떠난 원고에 미안하고, 두려웠다.

하지만 마감을 하면 정말 편집자의 손을 떠난다. 인쇄된 책이 들어오면 오래도록 잘 돌봐 주고 사랑해 주고 아껴 주는 일만 남는 것이다. 그리고 부디, 여러 독자에게 사랑받기를 기도하고 또 기도하는 마지막 일만 남는다.

책 만들 때 가장 신경 쓰는 것

출판사에서는 책을 기획할 때, 분야라는 것을 정한다. 예스24를 기준으로 가정 살림, 건강 취미, 경제 경영, 에세이, 어린이, 자기 계발, 수험서 등등 많은 분류가 있다. '분야'는 책의 정체성인 동시에 타깃 독자까지 생각하고 정하기 때문에 아주 중요한 개념이다.

그런데 요즘은 분야를 넘나들고, 명확하지 않은 범주의 책이 많다. 오히려 분야를 넘나드는 제목과 콘셉트의 책이 더 주목받을 때가 있다.

편집자 처지에서는 고민이 많아진다. 분야를 명확히 알려 주는 제목과 콘셉트를 입혀야 하는지, 분야를 넘나드는 독자까지 주목할 수 있는 제목과 콘셉트를 입혀야 하는지.

둘 중에 어떤 선택을 할 것인가? 첫 번째가 정석이지만, 이미 출판 시장에는 우리가 알고 싶은 내용의 책은 모두 출간되어 있다. 새로운 생각과 내용이 담긴 책은 나오기가 아주아주 어렵다. 그래서 첫 번째를 선택하면, 똑같은 내용을 다른 방식으로 인쇄한 책을 서점에 내놓는 셈이다.

그리고 한 가지 더 재미있는 사실은, 첫 번째처럼 분야를 명확히 정했을 때 책 만드는 건 너무 쉽다. 예를 들어, 과학책의 제목을 지어야 할 때, 있어 보이고 어딘가 그럴듯한 제목을 짓는 건 쉽다. 책에 있는 용어를 활용할 수도 있고, 책의 핵심 메시지를 담아서 쓸 수 있다. 그런데 그것을 원하는 독자는 매우 한정적이다.

거기에서 더 나아가 독자가 무엇을 원하는지 파악하고 그 마음을 이끌 만한 카피와 제목을 쓰면서도 고유의 정체성을 잃지 않는 (분야를 가늠할 수 있는) 책을 만드는 일이 훨씬 더 어렵다. 책을 별로 읽지 않는 대중을 위한 책이다.

그렇게 고민해서 나온 제목이 다소 동떨어지거나 있어 보이는(?) 제목처럼 흥미를 끌지 못해도 그걸 고민한 편집자는 많이 생각한 끝에, 나름의 도전을 했을 것이다.

독자들은 이 책이 저 책 같고, 저 책이 이 책 같은데, 그중에서 '오, 요거는 왠지 끌려서 읽고 싶은데?' 하는 마음이 들어야 구매를 한다. 편집자는 그래서 고민에 고민을 거듭하며 카피를 쓰고, 부제를 쓰고, 제목을 쓴다. 독자들의 귀한 시간을 아껴 줄 수 있도록, 독자의 삶에 좋은 영향을 줄 수

있도록, 수많은 책 사이에서 유혹의 메시지를 던진다. 그
메시지가 잘 전달되기를 매일매일 기도한다.

어디서 일한다고? 인쇄소?

출판사에서 편집자로 일한 지 14년이 되었다.

10년도 더 된 일이긴 한데, 아버지가 전화로 아버지 친구분께 내 직업에 대해 이야기하는 걸 들었다.

수화기 너머 친구분은 딸이 무슨 일을 하냐고 묻는 듯했다.

"응, 그 인쇄소 다닌다나 봐."

옛날 80, 90년대에는 인쇄소에서 편집도 하고 디자인도 하고 출판사 일도 하는 곳이 있었다고 들었다. (특히 사보나 잡지 만드는 곳에서.)

틀린 말은 아니다. 마감하면 한 달에 한 번은 인쇄소에 감리를 보러 가야 하니까. 아버지는 내가 "오늘은 인쇄소로 외근해요"라고 말한 것만 기억하시는 듯하다.

아무튼 그때는 출판사에서 일하고 싶어서, 6개월이나 수업을 듣고 인턴이라는 과정을 거쳐, 계약직, 정직원으로 차근차근 경력을 쌓고 있던 시절이었다. 그런데도 아버지에게 자세히 말하지 못했다.

이제야 말하지만, 인쇄소와 출판사는 엄연히 다르다. 그런데 아버지가 연세가 있고, 책을 잘 안 읽는 것과 별개로 대부분의 사람들은 출판사에서 책이 나오는 건 알겠는데, 대체 편집자가 무슨 일을 하는지 잘 모른다.

저자가 되어 편집자와 함께 일해 본 사람조차도 편집자가 어떤 일을 하는지 제대로 모르는 사람도 봤다.

영화를 만드는 감독, 프로그램을 만드는 연출자, 음악을 지휘하는 지휘자는 무엇을 하는지 알지만 사람들은 책 만드는 감독인 편집자에 대해서는 왜 그리도 모르는 것일까.

편집자는 교정 교열이나 하는 기계 같은 사람이 아니다. 저자의 시중을 드는 사람은 더더욱 아니다. 한 권의 책을 만들기 위해 모든 과정을 협업하며 진두지휘한다.

그렇지만 드러내지 않고 뒤에 숨어 있는 것이 편집자에게 필요한 미덕이다. 판권에 이름을 넣는 곳도 있지만, 그마저도 안 하는 곳도 있다. 언제나 책 뒤편에 숨어 있는 존재로서 우리는 날마다 노동한다.

문제는 그러면서 편집자들의 자존감이 사라지는 것이

다. 게다가 이 업계 특성상 출판 노동자는, 특히 편집자는 이상하게도 '박봉 of 박봉'이다. 10년이 넘어도 같은 연차로 다른 업계와 비교하면 거의 중견기업 신입의 초봉 월급과 같다.

내가 아무리 열심히 일해도 노동의 대가가 적기 때문에, 일에 대한 애정과 자신감이 상대적으로 떨어진다. 개인적으로 보람과 성취감을 느끼는 것과는 별개로 말이다.

그리고 우리는 매일 마감과 싸운다. 아무리 일이 손에 익어도 매번 새로운 책이기에 일정을 지키려면, 베테랑 편집자도 영혼을 갈아서 일해야 한다.

책을 만드는 프로세스가 같다고 해도, 매번 다른 콘텐츠이기 때문에 진지하게 원고를 파헤쳐야 하는 물리적 시간이 필요하다.

신입 때는 날마다 야근하고, 주말도 교정지를 싸 들고 카페에 가서 일하고, 기획을 위해 자면서도 머리를 굴려야 했다. 월급이 아니라 경력을 쌓기 위해 일했고, 그마저도 너무 힘들면 이직을 했다. 그렇게 이직을 해야 그나마 '몸값'이 쥐꼬리만큼씩 올랐다.

그럼에도 나는 이 일을 선택했고, 또 애정한다. 나는 내가 편집한 책이 나오면 꼭 서점에 가서 반응을 본다. 누군가 내가 만든 책을 들고 읽고 있으면 가슴이 두근두근해진다. 계산대로 가면 쫓아가서 고맙다고 말하고 싶을 때도 있다. 아니면 잠시 살피고 내려놓기만 해도 좋다.

내가 이 일을 선택하고, 사랑하고, 애쓴 이유를 이렇게 적다 보면, 나처럼 편집 일을 하는 사람들에게 도움이 되지 않을까 싶어서 쓴다. 신입 편집자들에게는 자신이 하는 일에 보상이 적으면 직장은 옮기되, 직업은 포기하지 말라고 말하고 싶다.

그리고 독자들에게는 독서 인구가 줄어들고, 저자나 출판사 이외에는 아무도 관심이 없다고 해도 누군가 읽어 주길 바라며 기획하고, 원고를 밤낮으로 살펴보고, 갈고닦는 사람들의 노고가 있음을 알아주기를 바란다.

책은 어떻게 만들어져요?

'수요는 없는데 공급은 많다.'

출판계에도 적용해 볼 수 있는 말이다. 책 읽는 사람은 점점 줄어드는데, 책 내고 싶은 사람은 점점 늘어난다. 글 잘 쓰는 사람들이 많아지고, 독립출판, 1인 출판으로 책을 내고, 작가가 되고 싶은 사람들이 많아지는 듯하다.

언젠가 동료와 이야기하며, 어쩌면 출판 시장은 글 쓰고 싶은 사람, 책 만드는 사람들이 돌아가면서 서로의 책을 사면서 생태계가 돌아가는 것 같다고 자조 섞인 웃음을 지은 때가 있었다.

어쨌든 책은 쓰고 싶은데 어떻게 해야 하는지 모르는 사람을 위해 간략하게 책이 나오는 과정을 설명하려고 한다.

1 집필 과정

- 하고 싶은 이야기를 정하고, 글을 쓴다.
- 브런치나 블로그 같은 매체에 글을 써서 사람들에게 알린다.
- 열심히 쓴 글을 모아 hwp, word 프로그램 파일에 정리한다.
- 출판사에 투고하거나 온라인에서 유명해지면 출판사에서 연락이 온다.
- 어느 분야에서 뛰어난 전문가라면, 출판사에서 기획해서 집필 의뢰를 해 올 것이다.

2 편집 과정
- 출판사와 계약을 하고, 글을 완성한다.
- 완성된 원고를 넘기고, 출판사 편집자와 한 권의 책으로 (판매될 만한 책으로) 어떻게 만들면 좋은지 편집 방향을 정한다.
- 출판사와 교정 교열을 비롯한 윤문 같은 편집 과정을 함께 거친다.
- 표지, 본문의 디자인을 확정한다.
- 인쇄한다.

3 마케팅

- 편집 과정 중에 미리 마케팅할 곳을 찾고, 마케팅에 얼마나 참여할 수 있는지 의논한다. (예를 들어, 유튜브 출연 등)
- 온라인 서점, 온라인 매체에 책이 어떻게 홍보되는지 편집자가 알려 주면, 하나씩 확인해 본다.

4 유통 과정

- 책이 서점 매대에 어떻게 깔리는지, 온라인 서점에는 어떻게 팔리고 있는지 확인한다.

이후에는 책이 많은 독자에게 알려져 팔릴 수 있도록 기도하는 일이 남는다. 책이 언제 어디서 어떻게 팔릴지 모르기에 우리는 언제나 기본에 충실하게 이러한 과정을 거치고, 운이 터지길 기다린다.

요즘에는 작가가 되는 일은 어렵지 않고, 책이 나오는 일도 어렵지 않다. 모든 책은 좋은 의도로 좋은 의미로 만들어진다. 책마다 의미가 있으며, 나름대로 양서(良書)다.

그런데 나쁜 책은 없지만, 팔리지 않은 책, 악성 재고는 존재한다. 재고를 남기지 않도록 앞에서 언급한 1~4 과정이 아주 치열해야 하며, 뛰어난 아이디어가 필요하다.

편집자는 그런 뛰어난 책을 위해 오늘도 열심히 기획하고, 저자를 찾는다!

I형 인간에게 최적화된 직업?

글을 다룬다는 것은 외향적인 사람은 하기 어려운 일 같다. 편집자는 아주 고요하게 원고에 침잠해 문장을 어절로, 단어로, 조사로 쪼개 읽어 내야 하기 때문이다. 아주 조용하고 깊게 몰입해야 한다. 대부분의 시간을 그렇게 보내야 하기 때문에 내향적인 사람에게 더 맞는 편이다.

졸업하고 쭉 출판사에 다니며, 원고와 씨름하는 일이 대부분이었다. 그러다 보니, MBTI 성격유형 검사 중 'I형의 인간'인 나에게 적합한 업무였다. 소위 적성에 맞았다.

회사에서 원고만 붙들고 있으면 하루 종일 말 한마디 안 하는 날도 수두룩했다. 회의가 없는 날은 다른 사람에게 메신저로 이야기하면 되니 더욱 입 뗄 일이 없었다.

다른 업종의 사람들이 출판사 사무실에 들어오면 대부분 '조용한 독서실'로 생각해 흠칫 놀랄지도 모른다. 특히 편집팀은 코 박고 원고를 보거나 키보드 소리도 작게 내니까. 작은 소음에도 민감한 사람들이 있고, 큰 소리를 내는 사람을 두려워하는 곳이기도 하다.

나 역시 소심한 성격이라 조용조용하게 글자를 대하는 편이, 사람을 대하는 일보다 훨씬 나았다.

하지만 점점 저자 관리를 해야 하는 연차가 되고, 팀장의 자리에 앉게 되면서 상사들에게 '보고'하는 일이 많아지고, 저자와 논의하고, 팀원 관리를 해야 하는 일도 늘었다. 그러다 보니 내향적 인간으로는 도저히 감당할 수가 없었다. 억지로라도 사회적 가면을 쓰고 나는 'E형 인간'이 되어야만 했다.

'자리가 사람을 만든다', '성격도 만들어진다' 이런 말들이 있던가. 점차 성격이 외향적으로 변하기 시작했다. 수다스러운 것은 아니지만, 꽤 말이 많아지기 시작했고, 꽤 도전적이고 진취적으로 성격이 변했다.

진지하게 분석하는 연구원에서 세일즈하는 보험회사 직원 같은 느낌이랄까. 그러다 보니 나름의 홀로서기를, 사업을 할 수 있는 용기를 가지게 된 듯하다.

요즘은 I형과 E형을 오가며 일하고 있다.

결국 책도 사람이 만들고 파는 것

책 한 권이 만들어지고, 독자의 손에 오기까지 생각보다 많은 사람의 노고가 필요하다. 에이전시 사람, 저자, 번역가, 편집자, 마케터, 인쇄소 기장님, 제본소 기장님, 물류 직원, 서점 엠디!

그 모든 과정에 협력이 필요하고, 손발이 척척 맞도록 진두지휘하는 것이 노련한 출판사 직원이 할 일이다.

나는 복이 많은 사람이다. 이 과정에서 많은 도움의 손길을 받았다. 편집자로서는 경험하지 못했던 일을 대표가 되어 경험하면서, 친절하게 대해 주는 모든 관계자에게 감탄했다.

나는 이 모든 것이 '진심'에서 비롯된다고 생각한다. 나는 간혹 모순적일 때가 있지만 대부분 진심이 가득한 사람이다. 몰랐던 부분에 대해 진심을 다해 양해를 구하고, 진심을 다해 책을 잘 만들고 싶은 의지를 내보였다. 감사하게도 나와 거래하는 사람들은 나의 진심을 대부분 받아 주었다.

하지만 어떤 사람은 나에게 이 어려운 때 출판업을 왜 시작하는 거냐며 혀를 차며 물었다. 나는 책을 좋아하고, 책에 진심인 내 마음을 독자들에게 전하고 싶다고 대답했다. 그 사람은 나에게 "책을 좋아해서 이 사업을 시작한다니 순진하시네요"라고 했다.

내 진심과 결심은 그 사람으로 인해 세상 물정 모르는 순진함으로 탈바꿈된 것이다. "당신이 뭔데, 내 진심을 폄하하시죠?" 하고 말하고 싶었지만, 요즘의 나는 화를 거의 내지 않는다. 그저 숨 한번 내쉬고, '이 사람과 멀리해야겠다'라고 생각했을 뿐이다.

누가 뭐라든 스스로에게 진심을 다하고, 내 사업체에 진심을 다하고, 내 상품을 살 사람들에게 진심을 다하고 싶다. 사람들에게 도움이 될 책을 선보일 것이다.

내 진심과 사람들의 진심이 만나는 순간을 맞이할 때, 얼마나 즐거운지 모른다. 그 일을 도모하는 모든 과정이 나에게는 설레는 일이다.

나는 사람들은 반드시 진심에 응답한다고 믿는다. 왜냐면, 이 세상에는 진심이 별로 없기 때문이다. 그래서 순수한 진심을 발견하면 때로는 그것에 매혹당한다고 생각한다. 쓸모 있는 책을 만들겠다는 포부로 지은 회사 이름도 여기에서 비롯되었다.

물론 예외도 있음을 알고 있다. 그렇지만 나는 앞으로도 진심을 다해 책을 고르고, 편집하고, 팔 것이다. 출판사의 진심을 알아줄 독자를 위해.

우리 모두의 외투를 위하여

먹는 것과 사람

《브리야 사바랭의 미식 예찬》에 이런 말이 나온다.

"당신이 무엇을 먹는지 말해 달라, 그러면 당신이 어떤 사람인지 말해 주겠다."

아주 오래된 그러니까 1825년에 출간된 책이라, 당시의 계급사회에서는 어떤 음식을 먹는지에 따라 그 사람의 신분을 알 수 있음을 드러낸 글인 듯하다. 그러나 저 말은 음식에 취향을 반영하는 요즘 식문화에도, 돈으로 환산되는 요즘의 식생활에도 적용된다.

2013년 여름, 오랜 출퇴근 고행을 끝으로, 처음으로 독립하여 혼자 살았다. 항상 부모님과 살던 나는 혼자 사는 것을 꿈꾸다 서울에 오래된 오피스텔을 구해 집을 나왔다. 그러면서 원룸형 오피스텔에서 나만의 작은 공간을 꾸미고, 처음으로 혼자서 밥을 손수 지어 먹고, 부모님 없이 잠을 잤다. 밥을 먹고 난 뒤에 산책하며 김영하의 팟캐스트를 듣는 시간이 좋았다.

그러다 일이 많아져서 야근을 계속해야만 하는 시기가 왔다. 밥을 지어 먹을 수 없기에 간단한 라면을 주식으로 먹었다. 게다가 독립해서 살다 보니, 돈이 빠져나가는 게 한두 푼이 아니었기에 나름 경제적인 판단이라고 생각했다. 아침은 안 먹고, 점심은 회사 식당에서 잘 챙겨 먹으니, 저녁은 라면으로 간편하게 해결하니 좋다며 먹었다.

라면을 종류별로 사서 주말에도 라면을 끓여 먹었다. 지금 같으면 한 끼만 먹어도 질릴 텐데, 그때는 매 끼니를 먹어도 물리지 않았다. 그런데 몸에서는 반응이 일었다. 뾰루지와 여드름이 나고 변도 나오지 않고 밤엔 잠을 못 잘 정도로 더부룩했다. 게다가 회사에서 아침, 점심, 어쩔 땐 저녁에도 붙잡고 있는 커피 때문에 속까지 쓰렸다.

몸을 혹사하지 말아야 하는데, 그때는 내 몸에 좋은 음식, 맞는 음식은 생각할 수 없을 정도로 바빴다. 당장 내 입에 빠르고 자극적인 음식을 넣어야 했다.

라면으로 탈이 나서 그다음으로 찾은 간편하고 맛있는 음식은 바로, 순댓국이었다. 특히 집 앞에 있는 24시간 순댓국집 맛은 잊을 수가 없다. 야근에 지쳐 눅눅하고 흐물거리는 몸을 택시에 맡긴 채, 간간이 불빛이 반짝이는 영등포 시장을 지나면, 순댓국집이 보였다. 나는 노곤한 몸을 이끌고, 헛헛한 속을 부여잡고 문을 열었다.

"이모, 여기 순댓국 하나랑 소주 한 병이요."

그 시간에도 사람들은 북적였다. 식당 이모는 밤 11시쯤 여자 혼자 밥을 먹으러 와서 그런지 살뜰하게 말을 걸어 주고 내 기분을 물어봐 주었다.

"오늘은 좀 늦었네? 소주는 다 마시지도 못하면서 뭘 그렇게 자꾸 시켜."

"지금 순댓국에 딱 한 잔만 해도 피로가 풀리는 기분이라서요."

김이 모락모락 나는 순댓국 한 숟갈을 떠서 입에 넣으면, 그날 하루의 노곤함이 싹 풀리는 기분이었다. 순댓국 한입에 나도 모르게 늘 "으허" 하고 말이 새어 나왔다. 입안에 소주를 털어 넣을 때 "크하"라고 내뱉는 말이 하루의 고단함을 씻어 주었다. 집 앞에 순댓국집이 없었다면, 이 세상에 라면에 존재하지 않았다면 그 고단한 시간을 어떻게 견딜 수 있었을까.

라면과 순댓국을 주로 먹었던 그 시절의 나는 어떤 사람이었나. 브리야 사바랭은 내가 먹는 음식을 보고 무어라 말할까.

한글과 영어의 세계

한글의 초성 시옷으로 쓴 에세이 《시옷의 세계》를 읽다가 글자에 대해 생각했다. 그러다 캐나다 어느 교실 칠판에 문장 하나를 적은 기억이 떠올랐다.

"그녀에게 펜을 주세요."

내가 이 문장을 적었을 때 반 친구들은 일제히 놀라움의 감탄사와 함께 "It looks like pictures"라고 하거나 "How did you make it?"이라고 했다. 내가 "이건 내가 열심히 그린 게 아니라 우리나라 글자야"라고 말하기도 전에 선생님이 대신 그렇게 말해 줬다. 그리고 한국어는 영어와 어순이 달라서 내가 빠르게 말하는 게 어렵다고 덧붙였다.

내가 있던 어학원에는 영어를 배우기 위해 온 브라질, 독일, 스위스 친구들이 많았다. 그들은 이제 막 고등학교를 졸업했거나 재학 중이었고, 동양에 대해 잘 몰랐다. 선생님은 내가 영어로 말할 때마다 기다려 주지 않고, 끼어드는 브라질 학생에게 칠판에 적힌 한글을 가리키며 "이렇게 영어와 다른 언어를 가진 한국 친구니 너희들이 배려해서 좀 가만히 들어 줄 순 없겠니?"라고 말해 주었다.

선생님은 반에서 가장 느리게 말하고 문장을 잘 못 만드는 내 상황을 알리기 위해 일부러 앞으로 불러내 글자를 써 보게 한 것이다. 그러면서 수업 시간에 말이 적은 이유는, 선생님이 말할 때 끼어들어 말하지 않도록 배웠기 때문에 그러는 것이니, 이해하라고 당부했다.

선생님은 생각보다 한국 사람에 대한 이해가 깊었다. 어학원에 많은 한국인이 거쳐 갔고, 그는 일본인 부인이 있는, 동양 문화에 관심이 많은 캐나다 사람이었기 때문이리라. 하지만 이 일은 거의 10년 전 일이니, 지금 세계 어느 어학원에 가도 한국인들이 뛰어나리라 생각한다.

아무튼 이 사건 이후로 영어 때문에 주눅 들어 쭈그러진 마음이 조금은 펴지는 느낌이었다. 자리로 돌아와 한글이 그림 같다고 했던 브라질 친구에게 왜 내가 쓴 글자가 그림처럼 보였냐고 물었더니, 마치 네모 안을 파낸 것 같은 그림처럼 보였다고 했다. 참신한 생각이었다.

캐나다에서 어학연수를 하고 한국에 돌아와서도 영어를

배우는 일에 관심이 많지만 아직도 잘하지는 못한다. 그럴 때마다 나는 여전히 글을 교정하는 일을 하는, 우리말을 더 알아야 하는 한국 사람이라며 스스로 게으른 변명을 하곤 한다.

취하라

취하라

/ 샤를 보들레르

취하라.

항상 취해 있어야 한다. 그것이 전부다.

그것이 유일한 문제다.

그대의 어깨를 짓누르고

땅으로 몸을 구부러뜨리는

시간의 무서운 중압을 느끼지 않기 위해,

그대는 쉼 없이 취해야 한다.

그러나 무엇에 취한다?

술이든, 시이든, 또는 덕이든,

당신의 마음대로다.

다만 취하라.

그러다, 때로는,
궁전의 계단에서,
개울의 푸른 풀밭에서,
흐릿하고 고독한 그대의 방에서,
깨어나 취기가 이미 줄었거나 사라졌다면 물어보라.

바람에게, 파도에게, 별에게,
새에게, 시계에게, 달아나는 모든 것에게,
신음하는 모든 것에게, 구르는 모든 것에게,
노래하는 모든 것에게, 말하는 모든 것에게,
지금 몇 시인가를.

그러면 바람도, 물결도, 별도, 새도,
시계도, 당신에게 대답해 줄 것이다.
이제 취할 시간이다!
시간의 학대받는 노예가 되지 않기 위해,
취하라.
끊임없이 취하라!

술에, 시에 또는 선에, 자신의 길에 따라.

취했다. 취하고 싶은 날이었다. 그분이 거기 계셨다. 나를 지지하고, 때로는 나를 비난하기도 하는 분, 내게 술 마시는 의미를 가르쳐 주신 분. 합석을 했고, 그분과 마시면 늘 그렇듯 주량을 넘겼다. 술은, 취할 것이 없는 내게 취할 수 있는 유일한 것이다.

술에 취해 보면서 어렴풋이 알아 간다. 진정으로 취해야 하는 것이 무엇인지. 그날 만난 그분은 취하고 싶은 날 만난 최고의 또는 최악의 상대였다. 일과 술. 술과 일. 얼마나 더 취해야 진짜 취하고 싶은 걸 알 수 있을까.

책을 대하는 두 가지 자세

책을 좋아하는 사람 중에는 읽는 것에 빠진 '활자 중독자'이거나 책이란 물성 자체를 좋아하는 '수집가'가 많다. 사람들이 취미가 무엇이냐고 물어볼 때마다 진부하게도 '독서'라고 대답하는 나는 사실 책을 쌓아 두고 그것에 만족하는 수집가형에 가깝다. 그런데 이사를 할 때는 이야기가 달라진다. 책을 좋아하는 사람에게도 몇십 상자에 담아야 하는 책은 '짐'스럽다.

성석제 《황만근은 이렇게 말했다》 중 단편 〈책〉을 읽었다. 단편소설 〈책〉은 주인공 '나'의 시점에서 "당숙은 책이 많다"로 시작한다. 아닌 게 아니라 활자 중독자인 당숙은 '삼만 권'이라는 엄청난 양의 책을 보관하는 데 어려움을 겪는다. '나'는 당숙에게 "어떻게 책을 그렇게 취급할 수가 있어요. 책이란 묶여 있으면 무조건 상하고 마는 건데. 상자

속에 갇혀 있는 책은 책이라 할 수 없지요. 그 책들, 내가 맡을 테니 구경만 하시오."라며 책에 대한 경외감인지, 허영심인지 모를 정신으로 책을 맡는다.

책을 좋아하는 당숙은 다섯 살에 책 사이를 기고, 일곱 살이 된 해에 한자와 일본어, 한글이 뒤섞여 있는 서재에서 책을 읽기 시작한다. 그렇게 책에 빠져 살며 책을 하나둘 모으기 시작해 가득 쌓이다 못해 집에 둘 공간이 없어 이삿짐센터에 비용을 주고 보관할 정도로 책을 많이 모은 것이다.

하지만 '나'의 작업실에 들어오기로 한 책들이 제시간에 도착하지 않음으로써 이삿짐센터와 '나'의 갈등이 시작된다. 그 와중에도 당숙은 신문과 주간지, '나'의 서가에 있는 몇백 권의 책에 눈길을 빼앗겨 이사는 관심도 없다.

이렇게 다른 두 사람의 태도가 '나'를 수집가로 당숙을 활자 중독자로 구분할 수 있는 이유이다. 하지만 수집가든 활자 중독자든 책을 좋아한다는 사실은 다르지 않다. 둘 다 책에 대한 애정을 가지고 책을 다루는 사람들이다.

내가 책을 좋아하는 이유 중 하나는 우리 집의 서재 때문이다. 내가 일곱 살 때, 우리 집에는 책이 엄청나게 꽂혀 있는 커다란 서재가 있었고, 그 방문을 열면 쾌쾌한 책 냄새가 났다. 아버지가 아는 사람 중에 신문사 문화 기자가 있었는데, 그분이 우리 집의 남는 방을 창고처럼 쓴 것 같다. 서재에는 소설 전집부터 인문, 사회·문화 잡지, 종교 서적까지 가득했다. 나는 심심할 때마다 그 방문을 열고,《태백산맥》,《나는 소망한다 내가 금지된 것을》따위 한국소설이나 '세계문학전집'을 꺼내 읽었다. 무슨 내용인지 이해가 안 되는 채로 그냥 봤다. 이사 다니면서 수많은 책은 사라졌지만, 그 시절의 책 몇 권이 누렇게 변해서 아직 내 서재에 남아 있다. 어쨌든 그 시절 때문에 커서 책을 좋아하게 되었고, 아쉽게도 활자 중독자는 안 되었지만, 수집가 정도는 되었다.

　나는 책을 잘 읽지 않고, 모으기만 하지만, 책을 애정하는 몹쓸 병에 걸린 사람이다. 이 책 역시 그렇게 책에 대해 애정을 가진 사람들을 위한 책 이야기이다.

이름만 아는 선배의 조언

'아름다움은 보는 사람의 눈 속에 있다'는 말이 있다. 아름답다고 느끼는 것은 사람마다 다르다. 또 그 아름다움을 누구나 볼 수 있는 것도 아니다. 삶을 풍요롭게 하고 아름답게 만드는 건 개인이 어떤 자세를 취하느냐에 따라 다르다. 그에 대해 《여덟 단어》의 저자, 광고인 박웅현의 태도는 '진심'이다. 이 책은 자존, 본질, 고전, 견(見), 현재, 권위, 소통, 인생 여덟 가지의 키워드로 나뉘어 있지만, 삶을 얼마나 진심으로 대하고 있는지가 모두를 아우른다.

저자 박웅현은 광고주가 좋아할 만한 카피가 아니라 소비자 입장에서 쓴 카피로 사람들의 마음을 움직인 카피라이터다. 이 책의 '견(見)'에 대한 이야기를 살펴보니, 저자가 광고인으로 그러한 카피를 쓸 수 있었던 배경이 보인다.

많은 것을 보는 만큼 많은 것에 신경 쓰고, 생각하는 것이 뒤따른다. 마치 내일 죽을 것처럼 오늘을 최선을 다해 사는 것은 매우 어려운 일처럼 느껴지기도 한다. 월요일부터 금요일까지 행복을 유예하고 주말을 기약하는 나와 같은 직장인들은 행복은 미래에 있다고 늘 미루며 살기도 한다.

책에서 직장인으로서 '권위'를 말하는 부분에서는 통쾌하기도 했다. 상하 위계질서를 따지는 우리나라 회사는 대부분 권위주의가 팽배하다. 이 책에서는 그렇다 하더라도 권위에 굴복하지 말라고 말한다.

엘리베이터에서 사장님이나 회장님을 만나면 당당하게 인사도 하세요. 어쩔 줄 모르고 구석에 서 있지 말고, 이야기 나누면 되는 거죠. 어떤 상황에서도 비굴하게 굴복하지 마세요. 똑똑한 젊은 사람들이 그러지 않았으면 좋겠어요. 인생이 너무 슬퍼지는 것 같아요. 권위에 굴복하지 않는 것도 중요하지만, 더 나이 먹어 윗것이 되었을 때 권위를 부리지 않는 태도도 중요합니다. 권위는 우러나와야 하는 거예요. 내가 이야기한다고 되는 게 아니라 상대가 인격적으로 감화가 돼서 알아줘야 하는 거예요.

강자에게 강하고 약자에게 약한 사람 그리고 그런 자신의 신념을 행동으로 옮기는 사람이 사회에 많아진다면 얼마나 좋을까. 늘 우리는 권위에 눌려 약한 사람을 더 궁지로 몰고 있지는 않은지 이 또한 생각해 볼 일이다.

어느 인터뷰에서 박웅현은 자신이 대학에 다니던 1980년대는 '진정성의 시대'였다며 문제의식이 자신의 DNA에 새겨 있다고 했다. 자연스레 남녀차별에 대한 문제 제기나 소외계층에 관심을 촉구하는 메시지가 광고에 담길 수밖에 없다고 말했다. 그래서 그의 광고에 사람, 진심, 진정성이 묻어 나왔나 보다. 《여덟 단어》도 마찬가지다. 책에 담긴 실패와 성공의 경험, 인생 선배의 진심 어린 조언들은 한번쯤 새겨서 읽을 만하다.

경제학을 처음 접하는 친구에게

친구야, 지난번에 만났을 때 우연히 나온 '경제학'에 대해 이야기해 볼까 해. 책도 한 권 소개하면서 말이야. 좀 긴 이야기가 될 수도 있겠지만 경제를 배워 보고 싶다는 네 반짝이는 눈을 기억하며 시작할게.

국내총생산, GDP로 운을 떼어 볼까. 작년에 우리나라 GDP 순위가 13위였어. 전 세계에서 경제력으로는 대략 13등을 한다는 말이지. 요새는 국력이 군사력이 아니라 경제력이라는 말이 있지. 그래서 GDP뿐 아니라 세계무역지수, 기업가정신지수 등 IMF, OECD, 통계청 들이 내놓는 경제지표들을 통해 국내외 사회가 어떤지 살펴보는 것은 의미가 있어. 경제를 잘 알면 정치, 사회, 외교 문제에 좀 더 밝아질 거야. 무엇보다 경제는 우리 삶과 매우 밀접해. 우리가 점심에 '돈'을 내고 '밥'을 '사 먹는' 것도 소비자와 생산자 사이에 이뤄지는 '경제행위'니까.

경제가 어렵게 느껴지는 건 경제학자들이 경제를 수많은 통계와 지표로 수학이나 과학 속으로만 몰아넣고 있기 때문인 것 같아. 그런데 내가 추천하는 《장하준의 경제학 강의》는 조금 달라.

이 책은 《사다리 걷어차기》나 《나쁜 사마리아인들》로 유명한 장하준이 썼어. 경제를 잘 모르는 사람들은 《장하준의 경제학 강의》를 읽고, 다른 책들을 읽는 것이 좋아. 《사다리 걷어차기》는 선진국들이 개발도상국 또는 후진국에게 자신들의 성장 신화를 강요하는 행태를 반대하는 경제서로, 경제에 대한 전반적인 이해가 있어야 몰입할 수 있는 책이거든.

장하준은 케임브리지대학에서 경제학과 교수로 학생들을 가르치면서 외국뿐 아니라 한국에서도 주목하고 있는 경제학자야. 우리나라에서는 비주류 경제학자를 자청하며 기득권을 더 부유하게 만드는 정책이나 제도에 대해 반론을 내세우면서 주류 경제학자들의 원성을 사고 있지. 심지어 주류 경제학인 자유시장 경제체제에 대해 반론을 제기한 《나쁜 사마리아인들》은 이명박 정부 시절 불온서적으로 지정되기도 했어.

하지만 《장하준의 경제학 강의》는 그 이전의 책들에 비해 중도를 걷고 있는 느낌이야. 경제 입문서로 이해하기 쉽고 편하게 풀어 썼어. 대중에게 좀 더 가깝게 가고자 하는 저자의 의지가 느껴져.

1장, 2장에서는 경제학이란 무엇인가에 대한 정의와 자본주의가 시작된 1776년부터 현재까지 역사를 다뤄서 경제를 이해하는 데 도움이 돼. 3장부터 5장까지는 현재 경제를 구체적으로 살피고, 학파를 설명하면서 경제를 연구하는 다양한 방법에 대해 이야기해. 그렇게 1부를 끝내고 나면 6장부터 12장으로 구성된 2부에서는 실제적인 경제 수치에 대해 이야기해. 생산, 금융, 일과 실업, 불평등, 정부의 역할, 국제적 차원 등을 개괄적으로 배울 수 있지. 1부가 역사라면 2부는 수학, 과학, 정치, 사회 분야라 할 수 있어. 아무튼 이 책을 한 권 다 읽고 나면 경제를 보는 눈이 생겨서 다른 경제서를 읽는 즐거움이 생길 것 같아.

이 책은 좀 두껍지만 생각보다 쉽고 재미있게 서술되어 있어서 좋아. 하지만 내가 이 책을 좋아하는 진짜 이유는 '사실을 비틀어 보는 시선'에 있어. 예를 들면 이런 식이야. 1981년에 미국 대통령이었던 로널드 레이건이 고소득자들에 대한 세율을 공격적으로 깎는 정책을 썼어. 부자들의 투자 의욕을 촉진해서 부를 창출하자는 논리지. 이를 '낙수효과 이론'이라고 해. 돈을 더 많이 축적한 사람들이 소비를 더 많이 해서 경제 전반에 긍정적인 효과를 가져온다는 이론이야. 하지만 부자들의 세금을 깎는 동시에 가난한 사람들에 대한 보조금도 깎고, 최소 임금까지 동결하면서 가난한 사람들을 더 힘들게 한 정책이 되었지. 이에 대해 장하준은 다음과 같이 말했어.

가만히 생각해 보면 이해가 되지 않는 논리이다. 왜 일을 더 열심히 하도록 하기 위해 부자들은 더 부자로 만들고, 가난한 사람은 더 가난하게 만들어야 한다는 것일까?

그러면서 "특정 경제학적 주장이 뜻하지 않게 일부 사람들에게 유리하게 작용하기도 한다. 이 기준은 한 사람에게라도 피해를 주는 변화는 허용하지 않기 때문에 기득권층에게 유리하다."라고 말하며 그 위험성에 대해 이야기했어.

저자는 서문에서도 독자들이 경제학을 전문가의 손에만 맡기지 않고, 경제학을 둘러싼 다양한 논쟁을 인식하고, 어떤 상황에서 어떤 경제학이 가장 도움이 되는지 판단할 수 있는 비판적인 시각을 갖추기를 권하고 있어.

경제학자가 이렇게 이야기하면 정치적 색채를 드리울 때가 많잖아. 조금 전에 말한 낙수효과 이론처럼 그럴듯하게 보이는 논리지만 막상 알고 보면 부자들, 기득권층을 위한 정책이야. 이것이 잘못되었는지 아닌지 판단할 수 있는 시각이 중요해.

올해 초 피케티가 《21세기 자본》이란 책에서 주장한 게 경제학계에 파란을 불러일으킨 것 기억하지? 부자들에게 세금을 더 부여해 경제적 불평등을 해소하자고 했을 때 주류 경제학계에서 많은 반발을 했고, 기득권층에서도 들고 일어났잖아.

지금의 주류 경제학은 '신고전주의 학파'를 이야기해. 앞에서 이야기한 자유주의 시장경제 체제를 옹호하는 부류지. 신고전주의 학파는 경제가 합리적이고 이기적인 개인들로 구성되어 있다고 전제해.

너나 나나 먹고사느라 시간이 부족해서 책 읽는 시간이 없다고 입버릇처럼 말하지. 하지만 영화 보고, TV 보고, 다른 일로 시간을 보내는 것보다 우리에게 이 일이 '기회비용'이 높은 일이길 바란다.

2014년 겨울 어느 날
너의 친구가

우리 모두의 외투를 위하여

한 남자가 있다. 만년 9급 문관인 그는 늘 같은 자리와 같
은 지위에서, 같은 업무를 한다. 그는 서류에 정서(正書)하
는 관리로 사람들에게 무시를 받으면서도 자신의 직무에
충실하다. 마치 정서하는 일만이 최선인 것처럼 일한다.

그런 그에게 외투가 하나 있다. 어깨 부분이 닳고, 안감
이 찢어져 너덜너덜해 이마저도 동료 관리들의 놀림감이
되어 버린 외투. 안감을 덧대고 덧대서 유지했던 외투가 더
이상 수선할 수 없을 정도가 되어 새로 사지 않으면 안 되
는 상황이다. 그러나 월급으로는 턱없이 부족한 새 외투값.

그는 어쩔 수 없이 지출의 일부를 줄여 돈을 모은다. 저
녁마다 마시던 차를 끊고, 촛불도 켜지 않고, 구두 밑창이
닳지 않도록 발끝으로 걷고, 속옷이 해지지 않도록 빨래를
덜 하고, 집에서는 입지도 않는다. 그렇게 아껴서 산 외투
를 손에 넣고 나서 그는 기쁨이 충만한 상태로 일을 하지

않기도 하고, 아무것도 하지 않는다.

그런데 어느 날 사건이 일어난다. 그가 야외에서 집으로 돌아가는 도중 광장에서 외투를 도난당한 것이다. 삶의 새로운 희망, 자신의 일상마저도 망각할 정도로 몰입했던 외투를 빼앗긴 뒤, 그는 어떤 심정이 들었을까?

이 가련한 남자의 이야기는 니콜라이 고골의 단편소설 《외투》에 나오는 이야기다. 작가 고골은 가난한 사람이 외투를 사기 위해 고군분투하며 고통과 욕망 사이에서 느끼는 감정을 사실적으로 묘사했다.

사실주의 문학의 창시자로서 사실주의적 묘사 기법과 풍자적 문체로 도스토옙스키 같은 후대 작가들에게 영향을 끼친 고골의 문체는 《외투》에서도 고스란히 드러난다. 소설은 허구이지만 체험에서 상상력이 발현되는 것처럼 그는 스무 살쯤에 관공서에서 관리로 일한 적이 있으며, 이 단편은 그로부터 10여 년 뒤인 1842년에 발표되었다.

《외투》는 지금으로부터 약 170년 전에 쓰였지만, 장소와 인물, 몇 가지 소재만 바꾸면 현재와도 다를 바 없다. 같은 시간에 같은 일을 반복하며 월급을 받는 직장인들에게 외투는 '자동차'가 될 수도, '집'이 될 수도, '명품 가방'이 될 수도 있다. 주로 우리의 욕망을 부추기는 것들은 보너스를 받아야 살 수 있는 것, 혹은 할부를 해야 살 수 있는 것이다.

주인공 아카키의 외투는 살이 에이도록 추운 러시아 날씨를 견딜 수 있게 보호하는 실용적인 기능도 있었지만, 비버 털이나 고양이 가죽 같은 소재로 부를 드러낸다. 지금 우리도 비싼 외제 차나 필요 이상으로 큰 집을 사는 것으로 부를 과시하려는 소비를 하고 있다. 그러기 위해서 한쪽으로는 허덕이면서도 말이다. 그렇게 애써 모아 마침내 자신의 것이 된, 각자만의 외투가 사라져 버린다면 어떤 기분일까?

슬픔, 분노, 좌절. 그러나 자본주의 사회에서 흔히 생기는 물질에 대한 욕망의 늪은 스스로 빠져나올 수밖에 없다. 물질에 대한 커다란 유혹에 인생이 송두리째 흔들리지 않을 때, 우리는 무거운 외투를 벗고 자신에게 어울리는 최고의 외투를 입을 수 있지 않을까.

다만 자신의 길을 걸어갈 뿐

《스토너》는 한 남자의 일생을 다룬 소설이다. 강렬하진 않지만 잔잔하게 타오르며 천천히 식어 가는 평범한 한 남자의 인생은, 줄곧 초연한 어투로 슬픔을 감추고 객관적 사실만을 드러내며 담담하게 독자에게 다가온다.

이 소설은 1965년 출간했을 당시에는 별다른 주목을 받지 못하다가, 2006년 '뉴욕 리뷰 오브 북스'판으로 다시 출간되면서 유명해지기 시작했다. 미국에서부터 영국, 프랑스, 독일, 네덜란드 등 전 유럽에서 인기를 끌었고, 우리나라에는 2015년 초에 번역본이 나왔다. 이 소설은 "슬프고 고독한 사람들을 위한 따뜻한 위안"이라는 평가를 받으며 많은 사람에게 읽혔다.

주인공 스토너의 인생은 대학 시절 친구 매스터스가 "세상에 나가면 곧 알걸세. 자네 역시 처음부터 실패자로 만들어졌다는 걸"이라고 예언한 것처럼 성공적인 삶은 아니었다.

사랑했다고 믿었던 여인과 결혼했지만 사랑 없는 결혼 생활을 해야 했다. 그의 아내는 심지어 딸에게 가까이 가지 못하게 스토너를 교묘하게 따돌렸으며, 그를 무기력하게 만들었다. 교수가 되었지만 어느 것 하나 뛰어난 업적을 남기거나 이름을 남기지 못했다.

이루어지지 못할 사랑을 하고 나서는 그는 점차 '무표정하고 황량한' 얼굴로 세상을 대했다. 상실감, 무감각, 무심함, 초연함 밑에 숨겨 둔 열정이란 감정을 느끼기는 했지만, 어떻게 써야 할지 몰라서 열정이 죽어 버리고 말았다.

그러한 스토너의 삶이 방향을 바꾸게 된 계기, 죽기 전까지도 같이 있던 것이 있었는데, 그것은 바로 '책'이다. 소설에서 자주 등장하는 책은 스토너의 삶의 갈림길에서 늘 결정적인 매개가 되었다.

첫 번째는 농대생이었던 스토너가 교양 수업으로 들은 영문과 수업에서 문학에 매료된 것이다. 셰익스피어의 희곡과 소네트였다. 그는 점점 새로 알게 된 학문, 책에 빠지게 되었다.

그는 대학 도서관의 서가 속에서 수천 권의 책 사이를 돌아다니며 가죽, 천, 종이로 된 책들의 퀴퀴한 냄새를 들이 마시기도 했다. 마치 이국적인 향냄새를 들이마시는 것 같았다. 그리고 때때로 걸음을 멈추고 책을 한 권 꺼내서 커다란 손에 잠시 들고 있었다. 아직 낯선 책등과 표지의 느낌, 그의 손길에 전혀 반항하지 않는 종이의 느낌에 손이 찌릿찌릿했다.

스토너는 책을 읽으며 '시간을 초월한 것 같은' 느낌을 받고 '과거와 망자가 현재의 살아 있는 사람들 사이로 흘러들어 오는 강력한 환상'을 본다. 그는 책이 주는 환상 속에 푹 빠져 농부가 아닌 영문과 교수로 문학을 연구하며 살아간다. 제1차 세계대전 당시 동료들이 대부분 전쟁터에 갈 때도 그는 학교에 남아 학문을 계속 이어 갔다. 부인 이디스와 큰 집을 사면서 생긴 갈등도 집에 서재를 꾸며 놓음으로써 마음에 평안을 얻는다.

스토너는 오래전부터 자신도 모르게 부끄러운 비밀처럼 마음속 어딘가에 이미지 하나가 묻혀 있음을 깨달았다. 겉으로는 방의 이미지였지만 사실은 그 자신의 이미지였다. 따라서 그가 서재를 꾸미면서 분명하게 규정하려고 애쓴 건 바로 그 자신인 셈이다.

책 때문에 승진도 한다. 스토너가 직접 쓴, 그러나 아직 출판되지 않은 책 덕분에 대학에서도 종신교수가 된다. 하지만 그가 평생을 연구하며 깨달은 것은 '지혜'가 아닌 '무지'였다. 그는 적절한 순간에 타협해 앞날을 도모하기보다 순간에 부딪쳐 무너지고 마는 인생을 택했다. 그는 자신의 인생을 책을 읽듯 관망하며 보냈다. 그것이 그를 고독하게 만들지라도 스토너는 그 태도를 버리지 않았다.

결국 스토너는 암에 걸려 종신교수가 누릴 수 있는 혜택을 다 받지도 못한 채 병상에 눕게 된다. 역시 죽음을 앞두고 그가 잡은 것은 자신의 책이었다. 그는 죽는 순간에도 탁자 위에 있는 책을 펼쳐 손가락으로 책장을 넘기는 짜릿함을 느꼈다. 그리곤 힘없이 심연으로 가라앉았다.

마치 책장이 살아 있는 것 같았다. 짜릿한 느낌은 손가락을 타고 올라와 그의 살과 뼈를 훑었다. 그는 그것을 어렴풋이 의식했다. 그러면서 그것이 그를 가둬 주기를, 공포와 비슷한 그 옛날의 설렘이 그를 지금 이 자리에 고정시켜 주기를 기다렸다.

나는 스토너의 이야기는 '지적인 사람이 결정한 인생의 방향'이라는 결론을 내렸다. 스토너는 가정을 유지하기 위해 나름의 방법을 찾아 노력했고, 전쟁보다 학문을 공부해 학교에 남는 길을 택했으며, 학생과 학과장과의 갈등이 있을 때도 자신만의 방법으로 묵묵히 걸어 나갔다. 누구나 여러 길에서 자신의 인생을 선택한다. 그게 평탄하든 고난이든. 실패일지라도 자신의 삶을 이어 가는 것이 인생이라는 걸, 스토너는 말하고 싶은 것이 아니었을까.

붉은 감정을 털어 내는 연습

거절에 익숙해진다는 것

스물아홉 살에 나는 거절을 무척 힘들어하던 사람이었다. 그래서 일기장에는 늘 거절하지 못하고 사람들이 말하는 것에 끌려다닌 기록이 있다. 그러면서 그게 불편해서 '다음에는 꼭 어른스럽게 거절해야지'라고 다짐한 글이 쓰여 있다.

당시 나는 '어른은 자신의 선택에 책임질 줄 아는 사람'이라고 정의 내렸다. 그러면서 책임과 선택에 대해 오랫동안 생각하고 생각했다. 그렇게 내 사유의 방에 넣었던 게 바로 '거절'이었다. 나는 거절에 능하지 못했다. 그래서 거절에 능숙해진다는 건 어른이 되어 가는 과정 같다고 생각했다. 깨어질 듯 약하고 여린 마음이 거절하는 것에 익숙해지면서 면역 체계가 생긴 굳은살처럼 단단해지리라 믿었다.

일기장에 글을 쓰고 다짐을 했음에도 거절하는 일은 너무 힘이 들었다. 지나치게 미안해서 거절당하는 사람이 도리어 기분이 나쁠 정도로 거절을 힘들어했다.

소개팅에 나가서도 마찬가지였다. 남녀 사이에도 거절을 명료하게 해야 맺고 끊음이 분명할 텐데, 어쩌면 그때의 나는 잠수 이별이나 하는 찌질한 사람이었던 것 같다. 마음에도 없는 사람과 오랫동안 만나서 결국엔 상대가 상처를 받은 일도 있었다. 열아홉 살도 아니었는데, 사람들과의 관계가 미숙했다.

당연하게도 거절을 못 하는 사람은 반대로 거절을 받는 일도 힘들다. 거절을 당하면 세상이 무너진 듯이 우울해져 며칠을 고생했다. 그때는 거절은 단절이고, 존재의 부정처럼 느꼈다.

그로부터 시간이 많이 흘렀다. 요즘의 나는 어떨까. 나는 이제 거절을 아주 잘한다. 심사숙고해서 어떻게 하면 상대가 거절을 당할 때 상처받지 않을 수 있을지 고민한다. 도리어 요즘에는 승낙하는 일이 적다.

반대로 거절을 받는 일도 아주 괜찮다. 상대가 거절하는 이유가 분명 있을 테고, 이유가 없다고 해도 그러려니 한다. 나이가 들면서 생각이 바뀌어 편안해진 것 중 하나다.

무슨 일이 제대로 되지 않으면, '그러려니' '뭐 아님, 말고'

이런 생각이 우선 든다. 그리고 거절당한 일을 생각하기엔 시간이 너무 없다. 거절하지 않는 사람과 거절하지 않는 상황과 시간을 보내기에도 부족하다.

오히려 빠르게 거절해 주는 편이 우리의 아까운 시간을 낭비하지 않는 것이리라. 쓸데없는 마음의 소비도 하지 않는 아주 효율적인 선택이다.

혹시 거절이 두렵고 무섭다면, 내가 나를 어떻게 생각하고 있는지 생각해 보면 좋겠다. 내가 나를 충분히 인정한다면 거절 따위는 아무렇지 않다. 그리고 세상은 원래 나와 맞지 않는 일투성이다. 나쁜 일 하나에 슬퍼하고 아파하다가 더 좋은 일들이 아깝게 지나가 버린다. 관점을 돌려 나에게로, 좋은 것을 보기를.

여사친, 남사친 반대합니다

나는 전 애인으로부터 자신의 여사친을 인정하지 않으면 자신과 헤어져 달라는 통보를 받은 경험이 있다. 나는 여사친을 인정하지 않는 것이 아니다. 단둘이 술 마시고, 나와 싸우면 그 사람 집에 가서 위로를 받는 그런 위장 여사친을 반대하는 것이다.

당시에는 그 사람을 사랑했기에 이해해 보려고, 여사친을 나에게도 소개해 달라고 요청했다. 어떤 사람인지 직접 만나서 이야기를 듣고, 그들의 관계를 인정해 보려 했다. 그런데 그 사람은 내 요구를 거절했다.

아니, 그렇게 숨기고 싶은 사람이라면 여사친과 사귀든지 도대체 나를 왜 만났단 말인가! 지금은 양다리 또는 양쪽 여자를 가지고 논 그 남자의 기만임을 알지만, 그때는 사랑에 눈이 멀어 몰랐다.

나에게는 남사친이라는 존재가 없다. 고등학교 때 남녀 공학이라서 같이 동아리 활동했던 아이들이 몇 명 있긴 하지만, 다들 가정을 꾸리고 연락하지 않는다. 그리고 남사친이었던 사람들은 모두 끝내 나에게 고백을 했기 때문에 우리는 더 이상 친구로 지낼 수 없었다. 그래서 나는 편하게 연락하는 남사친이 없다.

그 남자는 나에게 너도 남사친을 만나면서 자신이 여사친과 노는 것처럼 관계를 즐겨 보라고 했다. 내가 남사친 없다고 백번 말했는데, 그 남자는 나를 놀렸던 것이 분명했다. 아무튼 당시에는 '내가 너무 보수적인가? 인간관계인데 내가 그걸 인정하지 못하는 건가?' 싶어서 남자친구의 여사친을 인정했다. 한쪽으로는 엄청나게 괴로워하는 마음을 꾹 누르면서 참았다.

하지만 어느 날, 우연히 본 핸드폰에 하루 종일 여사친과 일상을 나누는 다정한 카톡을 보았고, 바쁘다며 전화 한 통하는 것도 미루던 그에게 불같이 화를 냈다. 그때 이별을 통보해야 했는데, 도리어 그 남자를 붙잡았다. 도대체 왜 여사친에게 잘해 주고 마음을 나누는 거냐며 미련한 소리를 해 댔다.

결말은, 나에게 남은 사랑이 완전히 타 버릴 때까지, 내 마음이 까맣게 타들어 가는 순간까지 갔다. 매일 울며 회사에 다니고, 사랑이 무엇인지 매 순간 생각하고 고민하다가 일상이 망가졌다. 일도 손에 안 잡히던 나날이 이어지다가 나는 나를 위해 그 관계를 놓아 버렸다.

세상에는 이해할 수 없는, 나와는 다른 종족들이 있다. 나는 위장 여사친, 남사친을 두는 그들을 이렇게 정의하기로 했다.

'여사친, 남사친 운운하며 굳이 이성과 깊은 우정을 나누겠다는 사람들은 도리어 동성과 깊은 우정을 나누지 못하는 안타까운 사람들이다.'

동성 간에 깊은 대화, 우정을 나눌 줄 아는 사람들은 굳이 이성과 그런 관계를 맺지 않는다. 그렇기에 나는 여전히 남사친, 여사친과의 관계가 소중하다는 사람들을 믿지 않는다.

잘해 줄 사람 구분하기

촉, 나이가 들수록 사람을 판단할 때 단 몇 초의 촉(gut)이 맞다고 생각할 때가 많아진다. 단 몇 초라도 이상한 기운을 느꼈다면 그게 맞았다. 점쟁이가 아니라 그냥 내 느낌상 그렇다.

좋은 느낌은 뭔가 편안하고 당연해서 잘 인지하지 못하는데, 이상하게도 이상한 사람은 촉이 잘 온다. 예전에는 사람을 단 몇 초에 판단하는 것은 예의가 아니라고 생각해서 내 감정을 무시하고 이상한 사람과도 잘 지낸 적이 있다.

그런데, 결국 내가 가지고 있던 그 불길한 느낌이 맞았다. 그게 그 사람이 주는 것이 아니고, 내가 만들어 낸 것이라고 해도 그 사람과 내가 맞지 않는 사람이라는 것은 틀림이 없었다.

세상 모두와 맞을 수 없다. 그 사람이 틀려서가 아니라, 단지 나와 맞지 않는 것이다. 비즈니스로 엮여야 하면 거리를 두고 지내게 되겠지만, 아무튼 촉이 안 좋은 사람과는 엮이지 않는 것이 상책이다.

억지로 그런 사람과 엮이면 너무 피곤하다. 이상하지 않은 사람인데, 내가 그 사람을 이상한 사람으로 만들 수도 있다. 아니면 원래 이상한 사람이거나. 아무튼 어느 방향이든지 간에 내 촉대로 움직이는 편이 나를 보호하는 데 일조한다.

지금까지 수많은 사람을 만나 왔으니, 어떤 짧은 순간의 촉을 믿어도 되지 않을까. 그렇다고 이상한 촉이 자주 오는 것은 아니다. 고작 1년엔 한두 번이다. 그러니 나와 관계가 있는 사람들은 모두 내 곁에 두고 싶은 좋은 사람들이니 걱정하지 마시기를.

기본적으로 나는 사람을 정말 좋아한다. 나의 바운더리에 들어온 사람은 아주 잘해 주려고 하니 내 주변에 있는 사람은 행운이다.

분노하는 사람

〈개그콘서트〉에서 한때 앵그리버드 게임의 캐릭터 옷을 입고 나와서 "화가 난다~ 화가 나~"라고 말했던 게 유행한 적이 있다. 우리가 순간적으로 주체할 수 없어 들끓어 오르는 감정인 '화'를 희화화시켰지만, 우리 사회에서 화를 내는 사람은 인격이 부족한 사람으로 취급한다.

한때 화를 비롯한 감정을 잘 다스리는 법에 대한 책이 인기였다. 감정을 조절함으로써 좀 더 나은 인격을 가진 인간으로 풍요로운 삶과 리더의 자리에 설 수 있다는 게 그 책들의 요점이었다. 미국의 어떤 비영리 단체의 경영자도 화를 참지 못하는 성미였으나, 화를 다스릴 줄 알게 되면서 리더로서 인덕을 쌓을 수 있었고, 경영하면서 생기는 어려움을 지혜롭게 극복해 나갈 수 있었다고 했다.

옛말에 '화병(火病)'이란 게 있다. 화를 분출하지 못하고 마음속에 꾹꾹 담아 놓으면 화가 쌓여 병이 된다는 말이다. 화는 스트레스가 되어 여러 신체 증상으로 나타나는가 하면, 우울이나 불안 등으로 표현된다. 또 꾹꾹 참는 것이 습관이 되면 정말 분노해야 할 것에 무감각해져 제 권리를 못 찾기도 한다. 그래서 화를 참는 것이 능사가 아니라는 말도 나온다.

하지만 화는 내면 낼수록 증폭되며, 이성을 잃으면 사나운 꼴을 보이기 쉽다. 어떤 일에 분노를 표출하고 정당한 행위라고 생각하는 것은 과학적으로 옳지 않다는 결과도 있다. 우리가 분노할 때, '상황을 해석하는 신피질' 말고 '감정에 관여하는 편도체'가 먼저 활성화되는 사실로도 알 수 있다. 결국 화는 다스려야 할 것이지, 표출해야 할 것이 아니다.

진실은 시간이 지나면 지날수록 점점 드러난다. 그것이 우리가 화를 유예해야 하는 이유다. 침착하게 시간을 두고 사건을 바라본다면, 화가 일어날 확률이 낮아질 것이다.

나는 화가 나는 상황에 닥치면, 눈 한 번 감았다 뜨면서 심호흡을 한다. 그리고 내가 상대라면 어떠할지 잠시 생각해 본다. 화가 났을 때는 쉽지 않지만, 분노도 조절할 수 있으니 조금씩 화를 조절하는 연습을 하면 가능할 거라 믿으면서.

어쩌면 화는 어떤 특정한 '사람'이나 '사건' 때문이 아니라 '화를 잘 내는 급한 성격'에서 비롯된 것일지도 모를 일이다. 나는 화가 날 때, 또는 화를 내는 사람을 볼 때, 화는 자신뿐만 아니라 상대방까지도 위험에 빠뜨리는 암흑의 구렁텅이 같기에 언제나 조심해야 한다고 되뇐다.

화를 머리 꼭대기까지 가져가서 모든 것을 파멸시키는 사람이 곁에 있다면 조심하자. 사람은 누구나 화를 낼 수 있는데, 그걸 조절할 수 있는지 아닌지는 그 사람과 깊은 관계를 맺을지 아닐지를 구분하는 지표도 된다.

처음의 시간

누구에게나 처음은 있다. 첫 키스, 첫 연애, 첫 대학, 첫 아르바이트, 첫 운전, 첫 선거, 첫 직장….

처음 경험할 때는 성글고 약한 것들이 내면에서 무수히 많은 요동을 일으키며 흔들리고 또 흔들린다.

반면에 젊었을 때 오래 흔들린 사람은 나이 들어 요동이 적다. 처음이 아닌 것은 익숙하고 능숙하다. 경험치라는 것은 시간이 주는 선물이다. 오직 그 시간을 버텨 낸 사람들만이 가질 수 있는, 나이 먹은 사람들의 특권. 단호해질 수 있는, 오롯이 자신이 들어서는 단단함이 생긴다.

어느 날 문득 내가 너무 싫어지고 미워질 때, 처음 좋아했던 것을 떠올려 보면, 슬그머니 삶에 대한 의지를 다시 떠올리게 된다. 특히 '첫 남자친구', 나는 여기서 처음 사귀었던 존재에 대해 이야기하고 싶다. 누구에게나 연애는 궁금한 주제일 테니.

내 심장을 뛰게 한 사람을 기억하면, 현재의 나도 다시금 사랑스러워진다. 사람은 추억을 먹고 사는 존재임을 새삼스레 인정하게 되는 서글픈 순간이랄까.

지금 내 인생에는 없는 이야기라서 가끔 그 순간을 되새기면 피식 웃음이 난다. 그러니까, 이건 정말 나에게는 풋풋한 순정 만화 같은 이야기다.

나는 첫 남자친구를 중학교 2학년 때 사귀었다. 그때의 나는 그냥 공부나 잘하고 만화 좋아하는 안경 낀 단발머리의 키 큰 아이였다. 평범한 아이였다는 말이다. 그런데 우리 학교 짱 무리 가운데 한 명이 나를 좋아했다. 시골 학교이긴 하지만, '짱(이라 썼지만 공부 안 하고 운동하던 아이들)'이 있었다. (학창 시절, 귀여니 소설이 유행했다고 소설 쓰는 거 아니냐고 말할 테지만, 이 이야기는 진짜다.)

이상하게도 내가 그 아이의 눈에 들었고, 쉬는 시간에 운동장을 지날 때마다 그 아이와 친구들이 내 이름을 외치는 통에, 이미 '○○의 여자친구'가 되어 버렸다. 선생님들도 그렇게 불렀다. 강제로 남친이 생겼지만, 그 남친은 첫사랑이 진행 중인 중학생이었고 나는 첫사랑은 아니지만 첫 여자친구가 되어 아주 순수한 연애를 이어 갔다.

종이학 천 마리를 받아 보고, 떨리는 전화를 받고, 학교에서 소풍 가면 다른 반이어도 어느새 짝꿍이 되어 있고, 그 아이가 운동할 때 응원하고, 마주치면 얼굴이 빨개지고, 집에 데려다주며 손 한번 잡고. 중학교 시절 내내 옆에 있었던 좀 특별한 친구가 되었다.

하지만 애석하게도 첫 연애는 싱겁게 끝나고 말았다. 고등학생이 되고 내가 먼 곳에 있는 학교에 가게 되어 졸업과 동시에 자연스럽게 헤어졌다.

그리고 시간이 흘러 몇 번의 연애를 했지만, 순수한 마음을 나눴던 첫 남자친구와의 추억은 아주 고마운 기억으로 남게 되었다.

소중한 처음의 시간이 있는가? 그 시간은 당신에게 어떤 의미인가? 어떤 사람들은 대수롭지 않아서 기억조차 나지 않을 수도 있다. 하지만 어떤 사람에게는 스치는 바람에, 떨어지는 벚꽃에 누군가 떠오르는 작은 추억이 팍팍한 삶에 위로가 되기도 한다.

앞으로 누군가를 새롭게 만날 때도 첫 마음처럼 그 시간을 소중하게 생각하려 한다. 새로운 사람과의 만남도 시간이 지나면 다시 오지 않을 순간이 될 터이니. 언제나 감사하며 순간, 순간을 사는 자세가 삶을 더 값지게 만든다.

그곳엔 '제시'가 없었네

　파리에 갔을 때, '셰익스피어 서점'에 갔다. 셰익스피어 서점은 스콧 피츠제럴드와 폴 발레리 같은 작가들이 모였던 곳으로 프랑스 파리에서 유명한 오래된 서점이다.

　제임스 조이스는 이 서점에서 《율리시스》를 간행했고, 헤밍웨이는 그 책을 미국으로 몰래 내다 팔기도 했다고. 이 서점은 나치가 점령했던 1941년에 문을 닫았다가, 미국인 조지 휘트먼이 1951년에 다시 문을 열었다.

　이곳은 영화 〈비포 선셋〉의 배경이 된 곳이기도 하다. 영화에는 30대가 된 제시(에단 호크)가 유명한 작가가 되어 이 서점에서 출판기념회를 하는 장면이 나온다. 영화 초반에 오랫동안 떨어져 있던 두 사람이 이 서점에서 극적으로 만나는 장면을 연출했던 곳이라 그런지 내 기억 속에 이 서점은 강하게 남았다.

　영화 속, 그것도 좋아하는 영화 속 배경이어서 그런지 이 서점에 가기 전에 무척 설렜다. 그런데 실제로 보니 이미 유명한 관광지가 되어 줄 서서 들어가야 하는 번거로움이 있었고, 생각보다 공간이 협소했다. 그곳엔 제시가 없었고, 낭만도 없었다. 남은 건 책 세 권과 카드 영수증뿐.

파리에서 한국으로 돌아가기 위해 독일 프랑크푸르트에 다시 갔다. 사실 파리에 간 이유는 독일 프랑크푸르트 도서전에 참석하기 위해서였다.

프랑크푸르트는 세계적인 도서전이 열리는 곳이고, 출판사들은 매년 이곳에 가서 다양한 세계 출판사들과 미팅을 하고, 판권을 살펴보고 계약을 한다. 이곳에 가면 엄청나게 큰 장소에서 엄청나게 많은 책을 살펴볼 수 있다.

특히, 우리나라와 다르게 독서 문화가 발달한 유럽과 영미권의 출판사들은 어떤 책을 내고 있는지, 무엇이 다른지 살펴보는 일은 무척 흥미롭다. 그들의 부스를 처음 보았을 때, 무척 두근거렸다. 특히 영국의 피어슨, 미국의 펭귄랜덤하우스, 독일의 홀츠브링크 출판사들이 그랬다. 와인 잔과 다과가 있는 미팅룸, 외국인들이 괜히 멋져 보이고 그랬다. 그때는 나에게 첫 해외 출장이었고 첫 유럽이라서 모든 것이 떨릴 수밖에 없었다.

하지만 그 뒤에는 프랑크푸르트에 가는 일이 업무가 되었다. 눈에 불을 켜고 조건 좋은 판권을 찾아야 하며, 출장 보고서를 쓰는 일도 만만치 않았다. 그리고 출장을 가지 않아도 국내에서 편하게 여러 에이전시한테 소개를 받고 계약하는 것이 효율적이었다. 그렇게 선망했던 해외 출판사와 여러 권 계약해 책을 내보기도 했다.

셰익스피어 서점에 낭만이 없었던 것처럼, 도서전에서 해외 저작권사들과 하는 미팅은 단순히 업무에 지나지 않음을 깨닫고 나서는 타성에 젖은 인간만 존재할 뿐이었다.

선망하던 것을 처음 경험할 때는 모든 것이 신기하고 좋아 보이지만 막상 한 번 경험하고 나면, 불꽃이 사그라든다. 앞에서도 말했지만, 그래서 첫 경험이 소중한 것이다.

뭣이 중헌디

목욕탕은 묵은 때를 벗기는 곳이라 했던가. 나는 목욕탕에 가는 것을 좋아했다. 특히 동네에 크고 시설 좋은 목욕탕이 생겨서 자주 찾았다.

그날은 일요일 오후였다. 찜질방이 딸린 대형 목욕탕은 사람들로 북적거렸다. 이러다 목욕도 못 하겠다 싶어 할 수 없이 조금 더 걸어서 가야 하는 아주 작고 오래된 목욕탕으로 발길을 옮겼다. 이름은 '천우탕'. 정겹고도 목욕탕에 적합한 이름이었다. 천우탕이라니 입에 착착 감기는 이름이었다. 방금 들어갔다가 나온 ○○스파랜드와 비교되는 이름이랄까.

○○스파랜드보다 천 원이나 싼 목욕비를 내고 들어서니, 규모도 작고 구조도 좀 이상한 탈의실이 있었다. 오래된 보관함에 옷을 다 두고 목욕탕 안으로 들어가니 작은 탕이 두 개, 사우나실은 한 개였다. 그래도 ○○스파랜드에

갔더라면 사람이 많아서 서서 했을 목욕을 여기서는 앉아서 할 수 있었다. 다만 낮은 플라스틱 의자가 굉장히 불편했을 뿐.

따뜻한 탕도 여러 사람이 이용한 티가 났다. 차마 몸은 담그지 못하고 발끝만 담갔다가 사우나로 몸을 따뜻하게 할 셈으로 수건을 적셔서 들어갔다.

이미 사우나 안은 다섯 명의 여자들이 앉아 있었다. 나까지 들어가서 앉으니 꽉 찼다. 서로 가깝게 닿을 정도로 앉아 있으니 민망하기 그지없었다. 맨 마지막에 들어가서 문쪽에 앉았기 때문에 문밖만 쳐다보고 있었다. 옆에서 누군가 나를 보는 시선이 느껴져 돌아보니 어떤 여자가 풍만한 가슴을 주체하지 못하는 듯 수건으로 가렸다가 내렸다가 하면서 내 몸을 쳐다보았다.

50대 우리 작은엄마와 닮은 그 사람은 내 몸을 뚫어져라 쳐다봤다. 그 시선에 민망함이 밀려오는 순간, 뜨끈한 증기에 나른함이 더 먼저 밀려왔다. 몸이 푹 퍼졌다. 그 순간 큰 목욕탕, 작은 목욕탕을 구분했던 마음, 개인 욕실, 공중 욕실을 생각했던 마음, 50대의 몸과 20대의 내 몸을 구분했던 마음, 그 모든 것이 뭐가 중요한가 싶었다. 그냥 그 공간에서는 똑같이 알몸인 사람들이고, 뜨뜻함에 정신이 나른

해질 뿐이었다.

　천우탕을 나오면서 그 어느 때보다 개운한 마음이 되었다. 화장하고, 옷 사 입고, 다이어트하고, 꾸미면서 한낱 나약한 몸뚱이에 지나지 않는 육신에 집착하며 살아가는 내 모습은 얼마나 때가 벗겨졌을까.

나를 위해 한 미용

나는 시력 교정 수술을 받았다. 2009년 12월에 받았으니까, 벌써 15년 전 일이다. 시력 교정술이 한국에서 시행된 지 10년 정도 되었을 때다.

먼저 수술을 한 친구들이 "너, 안경 안 쓰고 텔레비전 보다가 잠들어도 되는 경험 해 본 적 있어?"라며 '신세계'가 열린다고 했다. 그 말에 나는 병원을 예약했다.

그 당시 아주 유명하다는 청담 모 병원에서 수술을 받았고, 오후 2시였는데도 바글바글했고, 그 틈에서 수술을 받았다. 검사하고 마취하는 시간이 오래 걸렸지, 막상 수술 시간은 10분 내외였다. 의사는 짧은 시간 안에 내 각막을 들어내더니 레이저로 눈을 지졌다. 이때 잠깐 내 시야는 암흑이 되었다. 살 타는 냄새가 심하게 났고, 나는 이 순간에 시각을 잃을 것만 같은 극심한 공포를 느꼈다.

'아무리 의술이 발달했다고 해도, 신체의 다른 부위도 아니고 눈을 깎을 수 있지?' 하며 시간을 되돌리고 싶다고 생각한 순간, 의사는 다시 각막을 붙인 뒤, "축하합니다. 성공적으로 잘되었어요."라고 무미건조하게 말했다. 그리고 다급히 "다음 환자, 누우세요."라고 말했다.

공장이 돌아가는 듯한 수술방에서 나는 눈물을 흘리며 나왔다.

눈 수술 후 일주일이 지나고는 근거리 풍경이 잘 보이는 게 무척 신기했다. 하지만 라섹 수술을 하면 바로 시력이 돌아오지 않는다. 일주일이면 시야 50센티미터 거리는 흐릿하게 보인다. 보는 것을 자제하고 시력을 회복하기 위해 최선을 다해야 한다. 눈 찜질도 하고, 안약도 잘 넣고, 잘 먹고 자야 한다. 지금이라면 엄청난 휴식기로 생각하고 푹 쉬겠지만 그때는 한시도 가만히 있지 못했다. 흐릿한 눈으로 블루베리를 챙겨 먹으며, 영화도 보고 웹툰도 보고, 텔레비전도 봤다. 점차 시력이 좋아지는 순간이 신기했다.

그런데 나에게는 예기치 못한 부작용 같은 게 있었다. 잠을 자다가 갑자기 '번쩍'하고 눈앞에 섬광이 생기더니 극심한 고통에 눈을 부여잡고 잠에서 깨게 된 것이다. 눈에서 눈물이 났으며 타는 듯한 고통이 따랐다. 인공눈물을 급히 넣고 뜨거운 물에 담근 수건을 눈 위에 올려놓으니 그제야 눈이 아프지 않았다. 병원에 가서 왜 그런가 하고 물어도 '안구건조증'이라고만 했다. 수술 후 이상이 없다고 정기적인 검사만 받으면 된다고 했다. 하지만 수술 전에는 없던 증상이었다.

이러한 증상은 5년 동안 계속 이어졌다. 처음에는 무척 당황스러웠지만 조금씩 익숙해졌고, 5년이 지난 뒤로는 가끔 눈이 뻑뻑해서 안약을 넣을 뿐 증상은 사라졌다.

또 한 가지 부작용으로 빛 번짐과 눈곱이 자주 끼는 불편함이 있었지만, 안구건조증처럼 심하지 않았기에 넘겼다. 나는 이런 부작용을 친구들한테서 듣지 못했다. 어쩌면 친구들은 그런 부작용이 없었을 수도 있고, 대수롭지 않게 생각했을 수도 있다. 그러나 나는 5년이라는 시간 동안 깜짝깜짝 놀라면서 깨는 그 시간이 무서웠다. 그래서 친한 친구들이 시력 교정술을 받는다고 하면, 부작용을 이야기해 주면서 심각하게 고려해 보라고 말한다.

미용 목적으로 하는 의료 행위에는 고심에 고심을 더해서 결정을 내릴 일이라고 그때 깨달았다.

기사 양반, 와이카는교

2011년 1월 어느 날, 경주에 혼자 여행을 갔다. 내가 경주에서 제일 놀란 것은 바로 사투리였다.

신경주역에서 시내로 가는 버스 안, 할머니와 버스 기사 아저씨의 대화에서 처음 사투리를 들었다.

"아! 아지매! 탈 끼에요? 말 끼에요?"

"버스 기사 양반, 와이카는교. 나, 버스 탈 끼에요!"

"아지매가 버스 안 탄다고 손을 이로코롬, 이로코롬 흔들었자나요!"

"빠스 탄다고!! 흔든 기다!!"

"그라믄, 와 손을 흔들어요. 그냥 타믄 되지!!"

"하이코, 기사 양반 애비 애미도 없나, 내가 세워 달라고 손 흔든 기지, 도대체(천 원을 내시며) 우리가 교통비로 내고 다니는 기 1년에 얼마인지 아는교… 참말로 내….'

할매로 보이는 아지매가 버스 기사 아저씨 바로 뒷자리에 앉으며 말했다.

그러고 보니 서울과 경기도는 65세가 넘으면 지하철을 무료로 타는데 여기는 그 연세가 훨씬 넘어도 교통비를 내고 다니는 듯하다. 그리고 내가 처음 버스 탈 때, 카드를 찍었는데 '사용할 수 없는 카드'라 했다. 나는 황급히 천 원짜리를 내면서 세상이 다 서울, 경기도처럼 돌아가는 게 아니라는 걸 깨달았다. 지난번 강릉에서 버스를 탈 때도 알았으면서 또 당당하게 카드를 내밀다니, 바보 같다고 생각했다.

서울과 경기도 지역을 조금만 벗어나도 세상 사는 법은 달라진다. 언어도, 문화도 조금씩 다르다. 나는 여기서 '꽃만두'를 먹으려다 '군만두'를 먹게 되고, 같은 한국말인데 두 번씩 말해야 했고, 이동할 때마다 '사용할 수 없는' 카드를 보며 부지런히 현금을 만들어야 했다.

그래도 혼자서 고생을 자처하고, 낯선 곳을 여행하며 사람을 만나고 생각을 하는 시간이 즐거웠다.

스위스 맨

"스시 먹을 때 말고 써 본 적이 없어. 근데 이거 왜 이렇게 무거워?"

빈즈는 난생처음 쓰는 쇠로 된 젓가락 때문에 어린아이처럼 음식을 자꾸 흘렸다.

"불편하면 포크와 나이프 달라고 해서 쓸래?"

그의 젓가락질은 필사적이었다. 아이들한테 젓가락질을 가르칠 때 주는 젓가락이라도 사 주고 싶을 만큼.

"아니, 해 볼래."

음식을 눈앞에 두고 못 먹고 허우적대는 게 짠하면서도 웃겼다. 나는 젓가락질하는 법을 가르쳐 주면서 엄마의 마음으로 중간중간 음식을 그의 접시 위에 올려 주었다. 하필, 처음 먹는 한식이 코스로 여덟 가지 음식이 나오는 메뉴였다. 갈비, 고등어찜, 김치찌개, 빈대떡, 잡채, 각종 나물, 샐러드 들이었다. 내가 처음 이탈리아 코스 요리를 먹었을 때 느꼈던 포만감과 당혹감 같은 느낌이리라 짐작만 했다.

"이거 봐, 나 방금 이 빨간 야채 들어서 먹었어!"

김치를 먹으며 매워서 습습 대며 날 보며 웃을 때, '잘했네, 우리 아들'이라고 할 뻔했다.

2016년 1월에 캐나다에서 빈즈를 만났다. 빈즈는 스위스에서 온 친구였다. 호기심이 많고 뭐든 적극적으로 하는 스타일이었다. 어학원에서 그가 내게 호기심을 보였을 때, 속으로 '오, 앞으로 영어 공부 더 잘할 수 있겠다!' 하며 좋아했다. 그리고 예전에 알프스산맥에 가기 위해 잠깐 스위스 바젤이란 도시에 하룻밤 묵은 적이 있어서 스위스에서 온 빈즈가 괜히 반가웠다.

빈즈는 스위스 수도 베른에서 온 친구였다. 대학을 졸업하고 IT 쪽에서 일하다 캐나다와 미국을 여행하기 위해 밴쿠버에 왔다고 했다. 영어는 미드를 보며 익혔다고 하는데, 어떻게 보면 조금 소극적이며 일본 만화를 좋아하는 오타쿠 기질이 있는 것이 우리 둘이 친구가 되는 데 큰 역할을 했던 것 같다.

빈즈는 독일어와 불어를 잘했고, 영어도 꽤 잘했다. 그는 학원에서 제일 상위반인데, 회화는 가능하나 문법이 약해서 두어 달 공부한다고 했다. 하지만 중급반인 나와 대화할 때마다, 어려운 말을 빠르게 했다. 그러면 나는 "어려운 말 쓰지 말고, 쉽게! 천천히, 배려를 해 줘!" 하고 오히려 큰소리를 쳤다. 빈즈는 웃으며 나에게 잘 맞춰 주었다.

빈즈를 통해 스위스 청년들이 어떻게 사는지 들었으며, 중립국이 된 이유 같은 스위스 역사와 문화에 대해 들었다. 빈즈 역시 한국의 교육, IT 산업, 문화를 궁금해했다.

빈즈와 페이스북을 같이 보다가 군복 입은 사진을 보았다.

"군대를 갔어?"

"응. 스위스는 한국처럼 군대 가는 게 의무야."

사진 속에는 지금과 다르게 무뚝뚝한 표정을 한 다부진 모습의 빈즈가 동료와 함께 어깨동무를 하고 있었다. 스위스는 유럽연합에 속하지 않아서 과거에 많은 침략을 당했고, 지금은 중립국이지만 여전히 전통처럼 군사력을 위해 군대 체제를 유지한다고 했다. 빈즈는 우리나라 여느 젊은 남자들처럼 군대에 있던 시간이 무척 길고 소모적이었다고 말했다.

독일, 프랑스의 중간에 끼어 있는 유럽 국가 중 작은 나라 스위스. 스위스는 유일한 자원이 인력이라 신용을 키워 시계나 은행 같은 산업이 강해진 나라다. 군대라는 체제, 인력이라는 자원, 좁은 땅덩이 같은 비슷한 점 때문에 성향이 우리나라와 꽤 비슷해 보였다. 다른 유럽에서 온 친구들과 다르게 보수적인 것도 그랬다.

우리는 가벼운 친구 사이로, 서로의 나라로 돌아가서도 한동안 페이스북으로 연락을 주고받았지만 몇 년 뒤 아쉽게도 연락이 끊겼다.

잊을 수 없는 여행의 순간

"굉장해. 태어나서 눈은 처음 봤어."

옆자리에 앉았던 페르난도가 이렇게 말하며, 눈이 쌓인 바깥을 향해 연신 셔터를 눌렀다. 페르난도는 이제 막 고등학교를 졸업했지만, 제법 남자 티가 나는 브라질인이었다. 그 애는 고향인 리우데자네이루에서 밴쿠버에 온 지 일주일 되었으며, 영어를 배운 뒤 미국과 캐나다 구석구석을 여행할 거라고 했다. 그 애한테는 난생처음 혼자 떠난 해외여행이었고, 태어나서 처음으로 본 눈이었으며, 나는 처음 본 동양인 여자였다.

우리는 로키산맥으로 가는 버스에서 처음 만났다. 그 애한테는 모든 것이 생소한지라 여행 초반부터 들떠 보였다. 상기된 얼굴로 나를 바라보며 세심하게 챙겨 주던 그 애에게 차마 내 나이를 정확하게 말할 순 없었지만, 버스 안에

서만큼은 서로에게 심심치 않은 동행자였다.

사람이 들어갈 수 있는 로키산맥에 진입하려면 오랜 시간, 차를 타고 들어가야 한다. 그 시간 동안 나는 그 애에게 밴쿠버에서 동쪽으로 멀리 떨어진 토론토에서 6개월 동안 살았던 이야기를 들려주었다. 교통, 세금, 환경 등이 밴쿠버와 어떻게 다른지 자세히 알려 주었다. 그리고 퀘벡, 오타와, 몬트리올, 킹스턴, 나이아가라폭포 등 동쪽 캐나다에 가면 꼭 가 봐야 할 주요 여행지도 이야기해 주었다.

한국 이야기도 했다. 북한에 대해 궁금해했으나 아는 것이 없어 미안했다. 대신, 나는 북한을 여행할 수 없으니 네가 한번 가 보고 나에게 말해 주는 건 어떻겠냐고 했는데, 그 애는 자신의 여행을 망치고 싶지 않다며 정색했다. 어쨌든 자신은 평화를 사랑한다며, 지구상에서 유일한 분단국가에 대한 유감을 표했다. 페르난도가 김치, 싸이, 삼성보다 북한에 관심을 가져 주어 고마웠다. 나도 브라질에 대한 것은 삼바, 아마존, 축구뿐이라 여행하기 좋은 곳, 맛있는 맥주, 꼭 먹어야 할 음식 따위를 물어봤다.

서로의 나라에 대해 이야기하는 동안 버스는 로키산맥 초입에 다다랐다. 거기에는 처음 본 거대한 산이 굽이져 있었다. 2016년 1월의 로키는 만년설과 함께 온통 눈으로 뒤

덮여 신비한 느낌을 뿜어냈다. 그 애와 나는 둘 다 말없이 넋을 놓고 광활한 산을 바라보았다.

그 순간 내가 왜 캐나다에 왔는지 떠올랐다. 나는 대학교를 졸업하고 쉬지 않고 쭉 일을 했다. 그러다 보니 몸과 마음이 지칠 대로 지친 상태였다. 특히 그때는 야근이 정말 많았다. 집에 늦게 들어가는 날이 허다했다.

어느 날, 야근을 하며 사무실의 복사기를 바라봤는데, 문득 출력 단추를 누르면 기계적으로 결과물을 뱉어 내는 복사기와 나는 무엇이 다를까 생각했다. 그날 집으로 돌아오는 횡단보도에 서 있다가 '교통사고 나서 다치면 내일 회사에 나가지 않아도 되겠지?'라는 섬뜩한 생각까지 이어졌다. 처음으로 살고 싶지 않다고 생각한 순간이었다. 얼마 뒤에 나는 사표를 냈고, 친척이 사는 캐나다로 떠났다.

캐나다에 와서 설렁설렁 영어 공부를 하고, 여기저기 돌아다니며 자유롭게 살았다. 낯선 언어, 사람, 문화 그리고 새로운 나와 만나는 시간은 매일매일 새로웠다. 걸으며 많은 것을 보고 느꼈다. 그 자유로움이 로키산맥을 보며 절정에 오른 것이다.

그 거대한 자연 앞에서 내 괴로움, 고민은 먼지처럼 사라졌고, 이상한 힘이 생겼다. 나는 실수할 수도 있고 때론 누군가에게 상처를 줄 수도 있고, 상처를 받을 수도 있지만 다시 사랑할 수도 있는 인간이었다. 그것도 단 한 번밖에 살수 없는. 로키산맥처럼 오랫동안 존재할 수 없는 한낱 인간에 불과했다. 모든 것을 새롭게 다시 시작하고 싶어졌다.

정적을 깨고 그 애가 물었다.

"무슨 생각을 그렇게 깊게 해?"

"그냥, 갑자기 옛날 생각이 나네. 근데, 이 노래 뭐야?"

차가 로키산맥에 들어서기 전, 나눠 낀 이어폰에서 흘러나오는 노래가 좋았다.

"이거 내가 좋아하는 카이고의 노래인데, 제목은 'Firestone*'이야."

페르난도는 브라질에 돌아가면 DJ가 되고 싶다고 했다. 그래서인지 박자가 빠른 EDM이 그의 아이팟에 담겨 있었는데, 내 취향은 아니었다. 그런데 Firestone은 달랐다. 심장 박동 같은 편안한 박자에 강렬한 가사가 매력적이었다.

불꽃이 튀는 남녀의 뜨거운 사랑을 노래한 음악이었는데, 그 순간에 내 마음에 변화의 불을 지펴 준 Firestone(부싯돌)은 페르난도에게 미안하지만 로키산맥이었다. 그렇

140

게 페르난도는 버스 옆자리에 앉은 편한 친구가 되었다.

I'm a flame, you're a fire.

나는 불꽃이고, 넌 불같아.

I'm the dark in need of light.

나는 빛이 필요한 어둠이야.

When we touch, you inspire.

우리가 만날 때, 넌 변화를 불어넣지.

Feel the change in me tonight.

오늘 밤 난 변화를 느껴.

* 노르웨이 출신 DJ 카이고(Kygo)가 만든 노래에, 호주 뮤지션 코날드 시웰(Conrad Sewell)이 피처링했다.

안녕한 오늘을 위해

날 위한 애도

내가 애써 담담한 척 그 지긋지긋한 인연을 끝내고, 이별을 했다고 말했을 때, 날 위해 아무 말 없이 울어 줄 사람이 필요했다. 아마 지금의 나라면 누군가 나와 같은 경험을 했다고 하면 벌컥 눈물부터 날 것 같다. 하지만 내 주변의 사람들은 모두 행복한 삶을 살고 있기 때문에 내 마음을 이해하지 못하는 듯했다.

하지만 어떠한 이유로든 사랑하는 사람과의 이별은, 그 사람이 설사 웃으며 이야기를 한다고 해도, 당사자 속은 아무도 모른다. 어떤 사람들은 슬픔에 담담히 응해 주는 게 낫다 하던데, 왜 나는 나보다 소란을 떨어 주면 고마운지 모르겠다.

내가 괴롭고 슬펐던 일을 말할 때마다 혹여 내가 웃으며 말하더라도 그 안에 깊은 마음을 알아줄 사람은 없었다. 그래서 그때 나는 나를 위해 더 이상 눈물이 나오지 않을 때

까지 울었다. 밤마다 울어서 회사에 늘 부은 눈으로 출근을
했다. 일하다가도 갑자기 툭툭 떨어지는 눈물을 남들이 볼
까 봐 조용히 훔쳤다. 대신 슬픈 마음이 들어 눈물이 날 때
면 그냥 흐르도록 두었다.

그리고 그때 회사 동료도 나와 같은 경험을 했다고 이야
기를 들었다. 그 사람의 표정, 웃음기 없는 모습, 신중한 태
도가 떠올랐다. 그동안 마음이 얼마나 힘들었을지 떠올리
니 눈물이 났다. 집으로 돌아와서 그 사람의 카톡 상태를
한 번 더 살펴보았다. 아무것도 없는 기본 상태에 '힘내는
하루'라는 말이 쓰여 있었다. 그 사람의 카톡을 보는데, 내
내 눈물이 그치지 않았다.

애도의 5단계는 부정, 분노, 타협, 우울/절망, 수용이라고
한다. 나는 그와의 관계가 끝났을 때 엄청난 부정과 분노에
휩싸였다. 그리고 모든 것은 내 탓이라며 오락가락하는 마
음 상태를 견뎌야 했다. 그러다 나와 맞지 않는 너무나 다
른, 그런 인간을 선택한 내 탓이라는 결정에 다다르며 관계
를 타협하기에 이르렀고, 왜 그런 선택을 했는지 한동안 우
울함에 빠져 살았다. 마치 다시는 누군가와 사랑할 수 없을
것 같았다.

시간이 꽤 흐르자 수용의 단계까지 온 것 같다. 이제는 내 선택에 책임을 지려고 한다. 그동안 내가 선택한 것에 책임을 지고 열심히 살겠으며, 내가 선택한 일에 남을 원망하며 인생을 허비하지 않을 것이다. 앞으로는 더욱 신중하게 선택할 것 같다.

　관계뿐만 아니라 일에도 어떤 것에도 '심사숙고'하는 인생을 살게 되지 않을까, 싶다.

나를 찾는 일

인간이 이 땅에 태어나 살면서 가지는 수많은 목표 가운데 가장 중요한 것은 '나'를 찾는 여정이 아닐까 싶다. 50대의 유치원 교사도, 40대 주부도, 30대 회사원도 무언가 인생의 고비를 겪고 나면, 결론은 '나는 누구인가'로 귀결된다. 엄청난 양의 투고 메일을 읽고 나니 그렇다. 모두가 자기 자신을 위한 간증들이다.

대개 성공한 30대 젊은 CEO의 인터뷰를 보면 일찍이 자신을 찾고 원하는 바를 이룬 사람들처럼 보인다. 그들은 자신이 누구인지 명확히 알았다. 그러다 보니 성공은 결국, '누가 먼저 나를 찾느냐'에 달린 듯하다.

반대로 내가 누구인지 모르는 사람은 실패할 확률이 높다. 연애를 할 때도, 사업을 할 때도, 회사를 다닐 때도, 밥을 먹을 때도, 잠을 잘 때도… 내가 누구이고, 무엇을 원하는지 명확하게 모르면 남에게 끌려다니거나 스스로를 속

이며 살 뿐이다.

그런 의미에서 나는 누구인가? 어릴 때부터 난 평범하고 남한테 피해 안 끼치는 사람이었다. 가끔은 괜찮은 사람이란 소리를 들었고, 가끔은 별로라는 소리를 들었다. 그래도 친구들을 좋아해서 친구들을 늘 곁에 두었다. 그런데 30대가 되면서 내가 사람을 별로 좋아하지 않는다는 걸 깨달았다.

그동안 정말 좋아하는 것이 무엇인지 모르고, 남들 눈을 의식하며 '좋은 사람'인 척 살고 있었던 거다.

그러면서 부족한 모습이 내 눈에도 들어오기 시작했다. 그런데 그대로 드러나도록 두었다. 애써 좋은 사람이 되려고 하지 않았다. 그 과정에서 다정했던 내 모습만 좋아하던 친구들은 나를 떠나기도 했다. 예전의 나는 왜 유난히도 좋은 사람이 되고 싶었을까.

나를 몰랐기 때문이다. 크리스천으로서 착한 모습으로 살아야만 한다는 고정관념, 실수하면 안 된다는 완벽주의적 성향이 가면을 쓰게 만들었다. 진짜로 속마음과 다르게, 겉으로는 아닌 척하며 살았던 것이다.

이제는 스스로 무엇을 원하는지, 어떤 길로 가야 하는지 그전보다는 명확히 안다. 그리고 사람들과의 관계에서도 어떤 사람이 되고 싶은지도. 앞으로는 착한 사람이 아니라 진심으로 좋은 사람이 되고 싶다. 온화하고, 너그럽고, 지혜로운 사람으로 늙어 가고 싶다.

무기(無記)가 무기(武器)

無記

선도 악도 아닌 성질. 석가모니가 다른 종교가(宗敎家)로
부터 받은 질문에 대하여 침묵하고 대답하지 않았다는 뜻
으로 쓰이는 말이다.

부처는 답을 했을 때 묻는 사람이 마음대로 해석하거나
이해하지 못할 경우에는 아예 답을 하지 않았다. 어리석은
질문에 답하지 않는 지혜로움이랄까. 어떤 사람은 부처가
그에 대한 답을 몰랐으나 아예 답하지 않음으로 그조차 답
으로 해석하게 만들었다는 말도 한다.

회사에 후배가 한 명 있는데 이걸 알고 하는지 모르고 하
는지 모르겠지만, 가끔 무기(無記)한다. 말도 굉장히 느리
게 해서, 한번은 물은 적이 있다.

생각이 정리되지 않으면 말하지 않는 스타일이냐고, 왜 이리 사람 답답하게 말을 천천히 하느냐고, 그리고 왜 가끔 묻는 말에 대답하지 않느냐고!

그랬더니 자기는 원래 느린 사람이라고 조심스럽게 답했지만 아무래도 신통방통하다. 사회 초년생이고, 책은 만들어 본 적이 한 번도 없음에도 행동거지가 지혜롭고 뭐든지 곧잘 한다. 후배의 이런 태도에 무기(無記)가 무기(武器)란 생각이 들었다.

살다 보면 답할 수 없는 질문도 많고, 이해시키지 못하는 일도 많다. 거기에 일일이 답하는 게 얼마나 어리석은 일인가. '친절 강박증'이 있어 필요하지 않은 말까지 내뱉다 실수하는 내게 꼭 필요한 무기다. 아무것도 말하지 않고 침묵함으로 선도 아니고 악도 아닌 상태를 유지하는 것. 그것이 나를 지키는 무기다.

고집스럽게 타 버리는

난 이상한 고집이 있다. 경험해 보지 않은 것은 진짜가 아니라고 생각하는 고집. 남들은 가 보지 않고, 겪어 보지 않아도 '척- 알겠다' 하는 것을 꼭, 겪어야 직성이 풀린다.

사실, 내가 그 사람과 만난다고 할 때 친구들이 말렸다. 내 눈에는 보이지 않던 그 사람의 안 좋은 점들이 나를 아끼던 다른 사람에게는 보인 것이다. 하지만 불에 손을 데어야만 뜨거운 것을 알겠다는 아이처럼 나는 경험하고야 말았다.

이런 말이 있다.

- 미움은 사랑하는 마음이 타고 남은 재다.
- 사랑이 변해 생긴 증오처럼 맹렬한 것은 하늘 아래 없으며, 또한 경멸당한 여성의 분노처럼 격렬한 것 은 지옥에서조차 없다.

두 번째는 윌리엄 콩그리브가 한 말이고, 첫 번째는 모르겠지만 옛날 사람이 한 오래된 말이다. 아무튼 그들의 말처럼 사랑을 하고 난 뒤에, 이별을 하면 차갑게 식은 마음만 남는 것 같다.

이별을 하고 1년이 지난 어느 날, 혼자가 되어 타고 남은 내 마음을 들여다보았다. 배신감과 미운 감정이 남아 있었다. 그것 역시 아직 정리하지 못한 것이란 생각이 들었다. 미움의 재가 사라져 버리고 아무것도 아닌 무(無)의 상태가 될 때 비로소 그 관계는 사라져 버릴 것이다. 그리고 평온함이 찾아올 때 비로소 나는 자유로워질 것이다.

그리고 또 한 해, 또 한 해가 갔다. 그저 무관심으로 아무것도 아닌 상태로 가기 위해 아무런 반응을 하지 않는 것. 그 상태로 가기 위한 과정을 보냈다. 미움의 재가 조금씩 바람에 날아갔는지 이제 내 마음은 얼추 깨끗해 보인다.

바람에 날아간 짧은 생각들

1

사람들은 저마다 깊이가 있다.
돌 하나 던지면 '찰방' 하고
금방 바닥에 닿는 얕은 물보다
돌 하나 던지면 '첨벙' 하고
오래가는 깊은 물 같은 사람이기를.

2

사장님 나빠요

그녀가 일에 쫓겨 사무실을 뛰어다니는 나를 보며 물었다.
"바쁘니?" 그리고 웃었다.
무척 온화하고 다정하게.
나를 보고 웃으며 퇴근하는 그녀는 사장이다.

3

나에게 글쓰기는 치유의 과정이다. 글을 쓰며 내 마음속 깊은 곳에 있는 것까지 모두 끄집어내서 하나의 단어, 문장, 문단으로 만들어 놓고 나면 생각하지 못했던 나와 마주하게 된다. 그러면 서른한 살의 내가 일곱 살인 나와 열 살의 나와 그리고 그 이후의 수많은 나와 화해를 한다. 깊은 내면 속 나를 들여다봄으로써 치유되는 것이다.

4

아버지는 오래된 소년이고
어머니는 오래된 소녀이다.

5

죽음 때문에 삶을 다시 본다.

6

봄이 왔는데도 꽃을 피우지 못하는 건, 절대 꽃의 책임이 아니다. 그냥, 꽃을 피우기엔 세상이 너무 춥다.

7

밤은 어둡고, 꽃들은 서로를 모른 체하네.

8

호랑이 그림자를 보고 놀라 벌벌 떨다가

그 실체가 작은 고양이였음을 알았을 때,

허무하고 웃음이 나겠지?

오늘이 딱 그런 날.

뜻깊은 날.

9

구멍을 발견한 밤이다.

불안정했지만 아름다웠던 풍경이 있었다.

그 풍경의 일부분에 구멍을 낸 F도 있었다.

그와 싸우기 위해 나와 H는 온몸의 신경을 집중했다.

파르르 몸이 떨렸다.

텅 빈 그 공간만큼 차갑고, 서늘한 공기가 우리를 감쌌다.

F는 오해라고 했지만 믿지 않았다.

울며 욕하며 마시며 화내며,

맞섰다. 술김에.

문득, '안녕!'이라고 말하면 끝이라도 되는 양
인사하며 사라진 풍경의 일부분마저 미워진다.

10
요즘 시간이 나면
하는 일이 있다.

'삭제'
'정리'

틈날 때마다 하나씩 하나씩 불필요한 것과
지우고 싶은 추억을 정리해 나간다.
더 간결해지기 위해서.
더 가벼워지기 위해서.

온라인에 적어 놓은 쓸데없는 기록들이 무척 많은 걸 보
니 나는 참 번잡하고 많이 늘어놓는 사람이었나 보다.
그래, 이제는 빼기다.

책 만드는 여자의 안녕한 오늘

1판 1쇄   2024년 10월 30일

지은이   박유녕

발행인   주정관
발행처   북스토리㈜
주소   서울특별시 영등포구 양산로91 리드원센터 1303호
대표전화   02-332-5281
팩시밀리   02-332-5283
출판등록   1999년 8월 18일 (제22-1610호)
홈페이지   www.ebookstory.co.kr
이메일   bookstory@naver.com

ISBN   979-11-5564-347-1 (03810)

- 잘못된 책은 바꾸어 드립니다.
- 이 도서는 제8회 경기 히든작가 선정작입니다.